JULIO CORTÁZAR

Un tal Lucas

punto de lectura

Av. Leandro N. Alem 720, (1001) Ciudad de Buenos Aires

ISBN: 978-987-578-099-6

Hecho el depósito que indica la ley 11.723
Impreso en Argentina. *Printed in Argentina*
Primera edición: marzo de 2008

Diseño de colección: Punto de Lectura
Diseño de cubierta: Claudio A. Carrizo
Fotografía de cubierta: El Bosco, *Las Tentaciones De San Antonio* (fragmento)

Cortázar, Julio
Un tal Lucas - 1ª ed. - Buenos Aires : Punto de Lectura, 2008.
168 p. ; 12x19 cm.

ISBN 978-987-578-099-6

1. Narrativa Argentina. 2. Cuentos. I. Título
CDD A863

Se terminó de imprimir en Verlap Comandante Spurr 653, Avellaneda, Provincia de Buenos Aires, Argentina.

JULIO CORTÁZAR

Un tal Lucas

Propos de mes Parents:
—Pauvre Léopold!
Maman:
—Coeur trop impressionnable...
Tout petit, Léopold était déjà singulier.
Ses jeux n'étaient pas naturels.
A la mort du voisin Jacquelin, tombé d'un prunier,
il a fallu prendre des précautions. Léopold grimpait
dans les branches les plus mignonnes de l'arbre fatal...
A douze années, il circulait imprudemment sur
les terrasses et donnait tout son bien.
Il recueillait les insectes morts dans le jardin
et les alignait dans des boîtes de coquillages
ornées de glaces intérieures.
Il écrivait sur des papiers:
Petit scarabée — mort.
Mante religieuse — morte.
Papillon — mort.
Mouche — morte...
Il accrochait des banderoles aux arbres du jardin.
Et l'on voyait les papiers blancs se balancer
au moindre souffle du vent sur les parterres de fleurs.
Papa disait:
—Étudiant inégal...
Coeur aventureux, tumultueux et faible.
Incompris de ses principaux camarades
et de Messieurs les Maîtres. Marqué du destin.
....
Papa et Maman:
—Pauvre Léopold!

MAURICE FOURRÉ
La nuit du Rose-Hôtel

I

Lucas, sus luchas con la hidra

Ahora que se va poniendo viejo se da cuenta de que no es fácil matarla.

Ser una hidra es fácil pero matarla no, porque si bien hay que matar a la hidra cortándole sus numerosas cabezas (de siete a nueve según los autores o bestiarios consultables), es preciso dejarle por lo menos una, puesto que la hidra es el mismo Lucas y lo que él quisiera es salir de la hidra pero quedarse en Lucas, pasar de lo poli a lo unicéfalo. Ahí te quiero ver, dice Lucas envidiándolo a Heracles que nunca tuvo tales problemas con la hidra y que después de entrarle a mandoble limpio la dejó como una vistosa fuente de la que brotaban siete o nueve juegos de sangre. Una cosa es matar a la hidra y otra ser esa hidra que alguna vez fue solamente Lucas y quisiera volver a serlo. Por ejemplo, le das un tajo en la cabeza que colecciona discos, y le das otro en la que invariablemente pone la pipa del lado izquierdo del escritorio y el vaso con los lápices de fieltro a la derecha y un poco atrás. Se trata ahora de apreciar los resultados.

Hm, algo se ha conseguido, dos cabezas menos ponen un tanto en crisis a las restantes, que agitadamente piensan y piensan frente al luctuoso fato. O sea: por un rato al menos deja de ser obsesiva esa necesidad urgente de completar la serie de los madrigales de Gesualdo, príncipe de Venosa (a Lucas le faltan dos discos de la serie, parece que están agotados y que no se reeditarán, y eso le estropea la presencia de los otros discos. Muera de limpio tajo la cabeza que así piensa y desea y carcome). Además es inquietantemente novedoso que al ir a tomar la pipa se descubra que no está en su sitio. Aprovechemos esta voluntad de desorden y tajo ahí nomás a esa cabeza amiga del encierro, del sillón de lectura al lado de la lámpara, del scotch a las seis y media con dos cubitos y poca soda, de los libros y revistas apilados por orden de prioridad.

Pero es muy difícil matar a la hidra y volver a Lucas, él lo siente ya en mitad de la cruenta batalla. Para empezar la está describiendo en una hoja de papel que sacó del segundo cajón de la derecha del escritorio, cuando en realidad hay papel a la vista y por todos lados, pero no señor, el ritual es ése y no hablemos de la lámpara extensible italiana cuatro posiciones cien vatios colocada cual grúa sobre obra en construcción y delicadísimamente equilibrada para que el haz de luz etcétera. Tajo fulgurante a esa cabeza escriba egipcio sentado. Una menos, uf. Lucas está acercándose a sí mismo, la cosa empieza a pintar bien.

Nunca llegará a saber cuántas cabezas le falta cortar porque suena el teléfono y es Claudine que habla de ir co-rrien-do al cine donde pasan una de Woody Allen. Por lo visto Lucas no ha cortado las cabezas en el orden ontológico que correspondía puesto que su primera reacción es no, de ninguna manera, Claudine hierve como un cangrejito del otro lado, Woody Allen Woody Allen, y Lucas nena, no me apurés si me querés sacar bueno, vos te pensás que yo puedo bajarme de esta pugna chorreante de plasma y factor Rhesus solamente porque a vos te da el Woody Woody, comprendé que hay valores y valores. Cuando del otro lado dejan caer el Annapurna en forma de receptor en la horquilla, Lucas comprende que le hubiera convenido matar primero la cabeza que ordena, acata y jerarquiza el tiempo, tal vez así todo se hubiera aflojado de golpe y entonces pipa Claudine lápices de fieltro Gesualdo en secuencias diferentes, y Woody Allen, claro. Ya es tarde, ya no Claudine, ya ni siquiera palabras para seguir contando la batalla puesto que no hay batalla, qué cabeza cortar si siempre quedará otra más autoritaria, es hora de contestar la correspondencia atrasada, dentro de diez minutos el scotch con sus hielitos y su sodita, es tan claro que le han vuelto a crecer, que no le sirvió de nada cortarlas. En el espejo del baño Lucas ve la hidra completa con sus bocas de brillantes sonrisas, todos los dientes afuera. Siete cabezas, una por cada década; para peor, la sospecha de que todavía pueden crecerle dos para conformar a ciertas autoridades en materia hídrica, eso siempre que haya salud.

Lucas, sus compras

En vista de que la Tota le ha pedido que baje a comprar una caja de fósforos, Lucas sale en piyama porque la canícula impera en la metrópoli, y se constituye en el café del gordo Muzzio donde antes de comprar los fósforos decide mandarse un aperital con soda. Va por la mitad de este noble digestivo cuando su amigo Juárez entra también en piyama y al verlo prorrumpe que tiene a su hermana con la otitis aguda y el boticario no quiere venderle las gotas calmantes porque la receta no aparece y las gotas son una especie de alucinógeno que ya ha electrocutado a más de cuatro hippies del barrio. A vos te conoce bien y te las venderá, vení enseguida, la Rosita se retuerce que no la puedo ni mirar.

Lucas paga, se olvida de comprar los fósforos y va con Juárez a la farmacia donde el viejo Olivetti dice que no es cosa, que nada, que se vayan a otro lado, y en ese momento su señora sale de la trastienda con una kódak en la mano y usted, señor Lucas, seguro que sabe cómo se la carga, estamos de cumpleaños de la nena y dése cuenta justo se nos acaba el rollo, se nos acaba. Es que tengo que llevarle fósforos a la Tota, dice Lucas antes que Juárez le pise un pie y Lucas se comida a cargar la kódak al comprender que el viejo Olivetti le va a retribuir con las gotas ominosas, Juárez se deshace en gratitud y sale echando putas mientras la señora agarra a Lucas y lo mete toda contenta en el cumpleaños, no se va a ir sin probar la torta de manteca que hizo doña Luisa, que los cumplas muy felices dice Lucas a la nena que le contesta con un borborigmo a través de la quinta tajada de torta. Todos cantan el apio verde tuyú y otro brindis con naranjada, pero la señora tiene una cervecita bien helada para el señor Lucas que además va a sacar las fotos porque ahí no tienen mucha cancha, y Lucas atenti al pajarito, ésta con flash y ésta en el patio porque la nena quiere que también salga el jilguero, quiere.

—Bueno —dice Lucas— yo voy a tener que irme porque resulta que la Tota.

Frase eternamente inconclusa puesto que en la farmacia cunden alaridos y toda clase de instrucciones y contraórdenes, Lucas corre a ver y de paso a rajar, y se encuentra con el sector masculino de la familia Salinsky y en el medio el viejo Salinsky que se ha caído de la silla y lo traen porque viven al lado y no es cosa de molestar al doctor si no tiene fractura de coxis o algo peor. El petiso Salinsky que es como fierro con Lucas se le agarra del piyama y le dice que el viejo es duro pero que el porlan del patio es peor, razón por la cual no sería de excluir una fractura fatal máxime cuando el viejo se ha puesto verde y ni siquiera atina a frotarse el culo como es su costumbre habitual. Este detalle contradictorio no se le ha escapado al viejo Olivetti que pone a su señora al teléfono y en menos de cuatro minutos hay una ambulancia y dos camilleros, Lucas ayuda a subir al viejo que vaya a saber por qué le ha pasado los brazos por el pescuezo ignorando por completo a sus hijos, y cuando Lucas va a bajarse de la ambulancia los camilleros se la cierran en la cara porque están discutiendo lo de Boca versus River el domingo y no es cosa de distraerse con parentescos, total que Lucas va a parar al suelo con el arranque supersónico y el viejo Salinsky desde la camilla jodete, pibe, ahora vas a saber cómo duele.

En el hospital que queda en la otra punta del ovillo Lucas tiene que explicar el fato, pero eso es algo que lleva su tiempo en un nosocomio y usted es de la familia, no, en realidad yo, pero entonces qué, espere que le voy a explicar lo que pasó, está bien pero muestre sus documentos, es que estoy en piyama, doctor, su piyama tiene dos bolsillos, de acuerdo pero resulta que la Tota, no me va a decir que este viejo se llama Tota, quiero decir que yo tenía que comprarle una caja de fósforos a la Tota y en eso viene Juárez y. Está bien, suspira el médico, bajale los calzoncillos al viejo, Morgada, usted se puede ir. Me quedo hasta que llegue la familia y me den plata para un taxi, dice Lucas, así no voy a tomar el colectivo. Depende, dice el médico, ahora se usan indumentos de alta fantasía, la moda es tan versátil, hacele una radio decúbito, Morgada.

Cuando los Salinsky desembocan de un taxi Lucas les da las noticias y el petiso le larga la guita justa pero eso sí le agradece cinco minutos la solidaridad y el compañerismo, de golpe no hay taxis por ninguna parte y Lucas que ya no puede más se larga calle abajo pero es raro andar en piyama fuera del barrio, nunca se le había ocurrido que es propio como estar en pelotas, para peor ni siquiera un colectivo rasposo hasta que al final el 128 y Lucas parado entre dos chicas que lo miran estupefactas, después una vieja que desde su asiento le va subiendo los ojos por las rayas del piyama como para apreciar el grado de decencia de esa vestimenta que poco disimula las protuberancias, Santa Fe y Cánning no llegan nunca y con razón porque Lucas ha tomado el colectivo que va a Saavedra, entonces bajarse y esperar en una especie de potrero con dos arbolitos y un peine roto, la Tota debe estar como una pantera en un lavarropas, una hora y media madre querida y cuándo carajo va a venir el colectivo.

A lo mejor ya no viene nunca se dice Lucas con una especie de siniestra iluminación, a lo mejor esto es algo así como el alejamiento de Almotásim, piensa Lucas culto. Casi no ve llegar a la viejita desdentada que se le arrima de a poco para preguntarle si por casualidad no tiene un fósforo.

Lucas, su patriotismo

De mi pasaporte me gustan las páginas de las renovaciones y los sellos de visados redondos / triangulares / verdes / cuadrados / negros / ovalados / rojos; de mi imagen de Buenos Aires el transbordador sobre el Riachuelo, la plaza Irlanda, los jardines de Agronomía, algunos cafés que acaso ya no están, una cama en un departamento de Maipú casi esquina Córdoba, el olor y el silencio del puerto a medianoche en verano, los árboles de la plaza Lavalle.

Del país me queda un olor de acequias mendocinas, los álamos de Uspallata, el violeta profundo del cerro de Velasco en La Rioja, las estrellas chaqueñas en Pampa de Guanacos yendo de Salta a Misiones en un tren del año cuarenta y dos, un caballo que monté en Saladillo, el sabor del Cinzano con ginebra Gordon en el Boston de Florida, el olor ligeramente alérgico de las plateas del Colón, el superpúlman del Luna Park con Carlos Beulchi y Mario Díaz, algunas lecherías de la madrugada, la fealdad de la Plaza Once, la lectura de *Sur* en los años dulcemente ingenuos, las ediciones a cincuenta centavos de *Claridad*, con Roberto Arlt y Castelnuovo, y también algunos patios, claro, y sombras que me callo, y muertos.

Lucas, su patrioterismo

No es por el lado de las efemérides, no se vaya a creer, ni Fangio o Monzón o esas cosas. De chico, claro, Firpo podía mucho más que San Martín, y Justo Suárez que Sarmiento, pero después la vida le fue bajando la cresta a la historia militar y deportiva, vino un tiempo de desacralización y autocrítica, sólo aquí y allá quedaron pedacitos de escarapela y Febo asoma.

Le da risa cada vez que pesca algunos, que se pesca a sí mismo engallado y argentino hasta la muerte, porque su argentinidad es por suerte otra cosa pero dentro de esa cosa sobrenadan a veces cachitos de laureles (sean eternos los) y entonces Lucas en pleno King's Road o malecón habanero oye su voz entre voces de amigos diciendo cosas como que nadie sabe lo que es carne si no conoce el asado de tira criollo, ni dulce que valga el de leche ni cóctel comparable al Demaría que sirven en *La Fragata* (¿todavía, lector?) o en el *Saint James* (¿todavía, Susana?).

Como es natural, sus amigos reaccionan venezolana o guatemaltecamente indignados, y en los minutos que siguen hay un superpatrioterismo gastronómico o botánico o agropecuario o ciclista que te la debo. En esos casos Lucas procede como perro chico y deja que los grandes se hagan bolsa entre ellos, mientras él se sanciona mentalmente pero no tanto, a la final decime de dónde salen las mejores carteras de cocodrilo y los zapatos de piel de serpiente.

Lucas, su patiotismo

El centro de la imagen serán los malvones, pero hay también glicinas, verano, mate a las cinco y media, la máquina de coser, zapatillas y lentas conversaciones sobre enfermedades y disgustos familiares, de golpe un pollo dejando su firma entre dos sillas o el gato atrás de una paloma que lo sobra canchera. Todo eso huele a ropa tendida, a almidón azulado y a lejía, huele a jubilación, a factura surtida o tortas fritas, casi siempre a radio vecina con tangos y los avisos del Geniol, del aceite Cocinero que es de todos el primero, y a chicos pateando la pelota de trapo en el baldío del fondo, el Beto metió el gol de sobrepique.

Tan convencional todo, tan dicho que Lucas de puro pudor busca otras salidas, a la mitad del recuerdo decide acordarse de cómo a esa hora se encerraba a leer Homero y Dickson Carr en su cuartito atorrante para no escuchar de nuevo la operación del apéndice de la tía Pepa con todos los detalles luctuosos y la representación en vivo de las horribles náuseas de la anestesia, o la historia de la hipoteca de la calle Bulnes en la que el tío Alejandro se iba hundiendo de mate en mate hasta la apoteosis de los suspiros colectivos y todo va de mal en peor, Josefina, aquí hace falta un gobierno fuerte, carajo. Por suerte la Flora ahí para mostrar la foto de Clark Gable en el rotograbado de *La Prensa* y rememurmurar los momentos estelares de *Lo que el viento se llevó.* A veces la abuela se acordaba de Francesca Bertini y el tío Alejandro de Bárbara La Marr que era la mar de bárbara, vos y las vampiresas, ah los hombres, Lucas comprende que no hay nada que hacer, que ya está de nuevo en el patio, que la tarjeta postal sigue clavada para siempre al borde del espejo del tiempo, pintada a mano con su franja de palomitas, con su leve borde negro.

Lucas, sus comunicaciones

Como no solamente escribe sino que le gusta pasarse al otro lado y leer lo que escriben los demás, Lucas se sorprende a veces de lo difícil que le resulta entender algunas cosas. No es que sean cuestiones particularmente abstrusas (horrible palabra, piensa Lucas que tiende a sopesarlas en la palma de la mano y familiarizarse o rechazar según el color, el perfume o el tacto), pero de golpe hay como un vidrio sucio entre él y lo que está leyendo, de donde impaciencia, relectura forzada, bronca en puerta y al final gran vuelo de la revista o libro hasta la pared más próxima con caída subsiguiente y húmedo plof.

Cuando las lecturas terminan así, Lucas se pregunta qué demonios ha podido ocurrir en el aparentemente obvio pasaje del comunicante al comunicado. Preguntar eso le cuesta mucho, porque en su caso no se plantea jamás esa cuestión y por más enrarecido que esté el aire de su escritura, por más que algunas cosas sólo puedan venir y pasar al término de difíciles transcursos, Lucas no deja nunca de verificar si la venida es válida y si el paso se opera sin obstáculos mayores. Poco le importa la situación individual de los lectores, porque cree en una medida misteriosamente multiforme que en la mayoría de los casos cae como un traje bien cortado, y por eso no es necesario ceder terreno ni en la venida ni en la ida: entre él y los demás se dará puente siempre que lo escrito nazca de semilla y no de injerto. En sus más delirantes invenciones algo hay a la vez de tan sencillo, de tan pajarito y escoba de quince. No se trata de escribir para los demás sino para uno mismo, pero uno mismo tiene que ser también los demás; tan elementary, my dear Watson, que hasta da desconfianza, preguntarse si no habrá una inconsciente demagogia en esa corroboración entre remitente, mensaje y destinatario. Lucas mira en la palma de su mano la palabra destinatario, le acaricia apenas el pelaje y la devuelve a su limbo incierto; le importa un bledo el destinatario puesto que lo tiene ahí a tiro, escribiendo lo que él lee y leyendo lo que él escribe, qué tanto joder.

Lucas, sus intrapolaciones

En una película documental y yugoslava se ve cómo el instinto del pulpo hembra entra en juego para proteger por todos los medios a sus huevos, y entre otras medidas de defensa organiza su propio camuflaje amontonando algas y disimulándose tras ellas para no ser atacada por las murenas durante los dos meses que dura la incubación.

Como todo el mundo, Lucas contempla antropomórficamente las imágenes: el pulpo *decide* protegerse, *busca* las algas, las *dispone* frente a su refugio, se *esconde*. Pero todo eso (que en una primera tentativa de explicación igualmente antropomórfica fue llamado *instinto* a falta de mejor cosa) sucede fuera de toda conciencia, de todo conocimiento por rudimentario que pueda ser. Si por su parte Lucas hace el esfuerzo de asistir también como desde fuera, ¿qué le queda? Un *mecanismo*, tan ajeno a las posibilidades de su empatía como el moverse de los pistones en los émbolos o el resbalar de un líquido por un plano inclinado.

Considerablemente deprimido, Lucas se dice que a esas alturas lo único que cabe es una especie de intrapolación: también esto, lo que está pensando en este momento, es un mecanismo que su conciencia cree comprender y controlar, también esto es un antropomorfismo aplicado ingenuamente al hombre.

«No somos nada», piensa Lucas por él y por el pulpo.

Lucas, sus desconciertos

Allá por el año del gofio Lucas iba mucho a los conciertos y dale con Chopin, Zoltan Kodaly, Pucciverdi y para qué te cuento Brahms y Beethoven y hasta Ottorino Respighi en las épocas flojas.

Ahora no va nunca y se las arregla con los discos y la radio o silbando recuerdos, Menuhin y Friedrich Gulda y Marian Anderson, cosas un poco paleolíticas en estos tiempos acelerados, pero la verdad es que en los conciertos le iba de mal en peor hasta que hubo un acuerdo de caballeros entre Lucas que dejó de ir y los acomodadores y parte del público que dejaron de sacarlo a patadas. ¿A qué se debía tan espasmódica discordancia? Si le preguntás, Lucas se acuerda de algunas cosas, por ejemplo la noche en el Colón cuando un pianista a la hora de los bises se lanzó con las manos armadas de Khatchaturian contra un teclado por completo indefenso, ocasión aprovechada por el público para concederse una crisis de histeria cuya magnitud correspondía exactamente al estruendo alcanzado por el artista en los paroxismos finales, y ahí lo tenemos a Lucas buscando alguna cosa por el suelo entre las plateas y manoteando para todos lados.

—¿Se le perdió algo, señor? —inquirió la señora entre cuyos tobillos proliferaban los dedos de Lucas.

—La música, señora —dijo Lucas, apenas un segundo antes de que el senador Poliyatti le zampara la primera patada en el culo.

Hubo asimismo la velada de lieder en que una dama aprovechaba delicadamente los pianissimos de Lotte Lehman para emitir una tos digna de las bocinas de un templo tibetano, razón por la cual en algún momento se oyó la voz de Lucas diciendo: «Si las vacas tosieran, toserían como esa señora», diagnóstico que determinó la intervención patriótica del doctor Chucho Beláustegui y el arrastre de Lucas con la cara pegada al suelo hasta su liberación final en el cordón de la vereda de la calle Libertad.

Es difícil tomarle gusto a los conciertos cuando pasan cosas así, se está mejor at home.

Lucas, sus críticas de la realidad

Jekyll sabe muy bien quién es Hyde, pero el conocimiento no es recíproco. A Lucas le parece que casi todo el mundo comparte la ignorancia de Hyde, lo que ayuda a la ciudad del hombre a guardar su orden. Él mismo opta habitualmente por una versión unívoca, Lucas a secas, pero sólo por razones de higiene pragmática. Esta planta es esta planta, Dorita = Dorita, así. Sólo que no se engaña y esta planta vaya a saber lo que es en otro contexto, y no hablemos de Dorita porque.

En los juegos eróticos tempranamente encontró Lucas uno de los primeros refractantes, obliterantes o polarizadores del supuesto principio de identidad. Allí de pronto A no es A, o A es no A. Regiones de extrema delicia a las nueve y cuarenta virarán al desagrado a las diez y media, sabores que exaltan el delirio incitarían al vómito si fueran propuestos por encima de un mantel. Esto (ya) no es esto, porque yo (ya) no soy yo (el otro yo).

¿Quién cambia allí, en una cama o en el cosmos: el perfume o el que lo huele? La relación objetiva-subjetiva no interesa a Lucas; en un caso como en otro, términos definidos escapan a su definición, Dorita A no es Dorita A, o Lucas B no es Lucas B. Y partiendo de una instantánea relación A = B, o B = A, la fisión de la costra de lo real se da en cadena. Tal vez cuando las papilas de A rozan delectablemente las mucosas de B, *todo* está resbalando a otra cosa y juega otro juego y calcina los diccionarios. El tiempo de un quejido, claro, pero Hyde y Jekyll se miran cara a cara en una relación A $\Rightarrow$ B / B $\Rightarrow$ A. No estaba mal aquella canción del jazz de los años cuarenta, *Doctor Hekyll and Mister Jyde...*

Lucas, sus clases de español

En la Berlitz donde lo toman medio por lástima el director que es de Astorga le previene nada de argentinismos ni de qué galicados, aquí se enseña castizo, coño, al primer che que le pesque ya puede tomarse el portante. Eso si usted les enseña a hablar corriente y nada de culteranismos que aquí los franceses lo que vienen a aprender es a no hacer papelones en la frontera y en las fondas. Castizo y práctico, métaselo en el digamos meollo.

Lucas perplejo busca enseguida textos que respondan a tan preclaro criterio, y cuando inaugura su clase frente a una docena de parisienses ávidos de olé y de quisiera una tortilla de seis huevos, les entrega unas hojitas donde ha policopiado un pasaje de un artículo de *El País* del 17 de septiembre de 1978, fíjese qué moderno, y que a su juicio debe ser la quintaesencia de lo castizo y lo práctico puesto que se trata de toreo y los franceses no piensan más que en precipitarse a las arenas apenas tengan el diploma en el bolsillo, razón por la cual este vocabulario les será sumamente útil a la hora del primer tercio, las banderillas y todo el resto. El texto dice lo siguiente, a saber:

El galache, precioso, terciado, mas con trapío, muy bien armado y astifino, encastado, que era noble, seguía entregado a los vuelos de la muleta, que el maestro salmantino manejaba con soltura y mando. Relajada la figura, trenzaba los muletazos, y cada uno de ellos era el dominio absoluto por el que tenía que seguir el toro un semicírculo en torno al diestro, y el remate, limpio y preciso, para dejar a la fiera en la distancia adecuada. Hubo naturales inmejorables y de pecho grandiosos, y ayudados por alto y por bajo a dos manos, y pases de la firma, pero no se nos irá de la retina un natural ligado con el de pecho, y el dibujo de éste, con salida por el hombro contrario, quizá los más acabados muletazos que haya dado nunca El Viti.

Como es natural, los estudiantes se precipitan inmediatamente a sus diccionarios para traducir el pasaje, tarea que al cabo de tres minutos se ve sucedida por un desconcierto creciente, intercambio de diccionarios, frotación de ojos y preguntas a Lucas que no contesta nada porque ha decidido aplicar el método de la autoenseñanza y en esos casos el profesor debe mirar por la ventana mientras se cumplen los ejercicios. Cuando el director aparece para inspeccionar la performance de Lucas, todo el mundo se ha ido después de dar a conocer en francés lo que piensan del español y sobre todo de los diccionarios que sus buenos francos les han costado. Sólo queda un joven de aire erudito, que le está preguntando a Lucas si la referencia al «maestro salmantino» no será una alusión a Fray Luis de León, cosa a la que Lucas responde que muy bien podría ser aunque lo más seguro es que quién sabe. El director espera a que el alumno se vaya y le dice a Lucas que no hay que empezar por la poesía clásica, desde luego que Fray

Luis y todo eso, pero a ver si encuentra algo más sencillo, coño, digamos algo típico como la visita de los turistas a un colmado o a una plaza de toros, ya verá cómo se interesan y aprenden en un santiamén.

Lucas, sus meditaciones ecológicas

En esta época de retorno desmelenado y turístico a la Naturaleza, en que los ciudadanos miran la vida de campo como Rousseau miraba al buen salvaje, me solidarizo más que nunca con: a) Max Jacob, que en respuesta a una invitación para pasar el fin de semana en el campo, dijo entre estupefacto y aterrado: «¿El campo, ese lugar donde los pollos se pasean crudos?»; b) el doctor Johnson, que en mitad de una excursión al parque de Greenwich, expresó enérgicamente su preferencia por Fleet Street; c) Baudelaire, que llevó el amor de lo artificial hasta la noción misma de paraíso.

Un paisaje, un paseo por el bosque, un chapuzón en una cascada, un camino entre las rocas, sólo pueden colmarnos estéticamente si tenemos asegurado el retorno a casa o al hotel, la ducha lustral, la cena y el vino, la charla de sobremesa, el libro o los papeles, el erotismo que todo lo resume y lo recomienza. Desconfío de los admiradores de la naturaleza que cada tanto se bajan del auto para contemplar el panorama y dar cinco o seis saltos entre las peñas; en cuanto a los otros, esos boy-scouts vitalicios que suelen errabundear bajo enormes mochilas y barbas desaforadas, sus reacciones son sobre todo monosilábicas o exclamatorias; todo parece consistir en quedarse una y otra vez como estúpidos delante de una colina o una puesta de sol que son las cosas más repetidas imaginables.

Los civilizados mienten cuando caen en el deliquio bucólico; si les falta el *scotch on the rocks* a las siete y media de la tarde, maldecirán el minuto en que abandonaron su casa para venir a padecer tábanos, insolaciones y espinas; en cuanto a los más próximos a la naturaleza, son tan estúpidos como ella. Un libro, una comedia, una sonata, no necesitan regreso ni ducha; es allí donde nos alcanzamos por todo lo alto, donde somos lo más que podemos ser. Lo que busca el intelectual o el artista que se refugia en la campaña es tranquilidad, lechuga fresca y aire oxigenado; con la naturaleza rodeándolo por todos lados, él lee o pinta o escribe en la perfecta luz de una habitación bien orientada; si sale de paseo o se asoma a mirar los animales o las nubes, es porque se ha fatigado de su trabajo o de su ocio. No se fíe, che, de la contemplación absorta de un tulipán cuando el contemplador es un intelectual. Lo que hay allí es tulipán + distracción, o tulipán + meditación (casi nunca sobre el tulipán). Nunca encontrará un escenario natural que resista más de cinco minutos a una contemplación ahincada, y en cambio sentirá abolirse el tiempo en la lectura de Teócrito o de Keats, sobre todo en los pasajes donde aparecen escenarios naturales. Sí, Max Jacob tenía razón: los pollos, cocidos.

Lucas, sus soliloquios

Che, ya está bien que tus hermanos me hayan escorchado hasta nomáspoder, pero ahora que yo te estaba esperando con tantas ganas de salir a caminar, llegás hecho una sopa y con esa cara entre plomo y paraguas dado vuelta que ya te conocí tantas veces. Así no es posible entenderse, te das cuenta. ¿Qué clase de paseo va a ser éste si me basta mirarte para saber que con vos me voy a empapar el alma, que se me va a meter el agua por el pescuezo y que los cafés olerán a humedad y casi seguro habrá una mosca en el vaso de vino?

Parecería que darte cita no sirve de nada, y eso que la preparé tan despacio, primero arrinconando a tus hermanos que como siempre hacen lo posible por hartarme, irme sacando las ganas de que vengas vos a traerme un poco de aire fresco, un rato de esquinas asoleadas y parques con chicos y trompos. De a uno, sin contemplaciones, los fui ignorando para que no pudieran cargarme la romana como es su estilo, abusar del teléfono, de las cartas urgentes, de esa manera que tienen de aparecerse a las ocho de la mañana y plantarse para toda la siega. Nunca fui grosero con ellos, hasta me comedí a tratarlos con gentileza, simplemente haciéndome el que no me daba cuenta de sus presiones, de la extorsión permanente que me infligen desde todos los ángulos, como si te tuvieran envidia, quisieran menoscabarte por adelantado para quitarme el deseo de verte llegar, de salir con vos. Ya sabemos, la familia, pero ahora ocurre que en vez de estar de mi lado contra ellos, vos también te les plegás sin darme tiempo a nada, ni siquiera a resignarme y contemporizar, te aparecés así, chorreando agua, un agua gris de tormenta y de frío, una negación aplastante de lo que yo tanto había esperado mientras me sacaba poco a poco de encima a tus hermanos y trataba de guardar fuerzas y alegría, de tener los bolsillos llenos de monedas, de planear itinerarios, papas fritas en ese restaurante bajo los árboles donde es tan lindo almorzar entre pájaros y chicas y el viejo Clemente que recomienda el mejor provolone y a veces toca el acordeón y canta.

Perdoname si te bato que sos un asco, ahora tengo que convencerme de que eso está en la familia, que no sos diferente aunque siempre te esperé como la excepción, ese momento en que todo lo abrumador se detiene para que entre lo liviano, la espuma de la charla y la vuelta de las esquinas; ya ves, resulta todavía peor, te aparecés como el reverso de mi esperanza, cínicamente me golpeás la ventana y te quedás ahí esperando a que yo me ponga galochas, a que saque la gabardina y el paraguas. Sos el cómplice de los otros, yo que tantas veces te supe diferente y te quise por eso, ya van tres o cuatro veces que me hacés lo mismo, de qué me va a servir que cada tanto respondas a mi deseo si al final es esto, verte ahí con las crenchas en los ojos, los dedos chorreando un agua gris, mirándome sin hablar. Casi mejor tus hermanos, finalmente, por lo menos luchar contra ellos me hace pasar el tiempo, todo va mejor cuando se defiende la libertad y la esperanza; pero vos, vos no me das más que este vacío de quedarme en casa, de saber que todo rezuma hostilidad, que la noche vendrá como un tren atrasado en un andén lleno de viento, que sólo llegará después de muchos mates, de muchos informativos, con tu hermano lunes esperando detrás de la puerta la hora en que el despertador me va a poner de nuevo cara a cara con él que es el peor, pegado a vos pero vos ya de nuevo tan lejos de él, detrás del martes y el miércoles y etcétera.

Lucas, su arte nuevo de pronunciar conferencias

—Señoras, señoritas, etc. Es para mí un honor, etc. En este recinto ilustrado por, etc. Séame permitido en este momento, etc. No puedo entrar en materia sin que, etc.

Quisiera, ante todo, precisar con la mayor exactitud posible el sentido y el alcance del tema. Algo de temerario hay en toda referencia al porvenir cuando la mera noción del presente se presenta como incierta y fluctuante, cuando el continuo espacio-tiempo en el que somos los fenómenos de un instante que se vuelve a la nada en el acto mismo de concebirlo es más una hipótesis de trabajo que una certidumbre corroborable. Pero sin caer en un regresionalismo que vuelve dudosas las más elementales operaciones del espíritu, esforcémonos por admitir la realidad de un presente e incluso de una historia que nos sitúa colectivamente con las suficientes garantías como para proyectar sus elementos estables y sobre todo sus factores dinámicos con miras a una visión del porvenir de Honduras en el concierto de las democracias latinoamericanas. En el inmenso escenario continental *(gesto de la mano abarcando toda la sala)* un pequeño país como Honduras *(gesto de la mano abarcando la superficie de la mesa)* representa tan sólo una de las téselas multicolores que componen el gran mosaico. Ese fragmento *(palpando con más atención la mesa y mirándola con la expresión del que ve una cosa por primera vez)* es extrañamente concreto y evasivo al mismo tiempo, como todas las expresiones de la materia. ¿Qué es esto que toco? Madera, desde luego, y en su conjunto un objeto voluminoso que se sitúa entre ustedes y yo, algo que de alguna manera nos separa con su seco y maldito tajo de caoba. ¡Una mesa! ¿Pero qué es esto? Se siente claramente que aquí abajo, entre estas cuatro patas, hay una zona hostil y aún más insidiosa que las partes sólidas; un paralelepípedo de aire, como un acuario de transparentes medusas que conspiran contra nosotros, mientras que aquí encima *(pasa la mano como para convencerse)* todo sigue plano y resbaloso y absolutamente espía japonés. ¿Cómo nos entenderemos, separados por tantos obstáculos? Si esa señora semidormida que se parece extraordinariamente a un topo indigestado quisiera meterse debajo de la mesa y explicarnos el resultado de sus exploraciones, quizá podríamos anular la barrera que me obliga a dirigirme a ustedes como si me estuviera alejando del muelle de Southampton a bordo del *Queen Mary*, navío en el que siempre tuve la esperanza de viajar, y con un pañuelo empapado en lágrimas y lavanda Yardley agitara el único mensaje todavía posible hacia las plateas lúgubremente amontonadas en el muelle. Hiato aborrecible entre todos, ¿por qué la comisión directiva ha interpuesto aquí esta mesa semejante a un obsceno cachalote? Es inútil, señor, que se ofrezca a retirarla, porque un problema no resuelto vuelve por la vía del inconsciente como tan bien lo ha demostrado Marie Bonaparte en su análisis del caso de madame Lefèvre, asesina de su nuera a bordo de un automóvil. Agradezco su buena voluntad y sus músculos proclives a la acción, pero me parece imprescindible que nos adentremos en la naturaleza de este dromedario indescriptible, y no veo otra solución que la de abocarnos cuerpo a cuerpo, ustedes de su lado y yo del mío, a esta censura lígnea que retuerce lentamente su abominable cenotafio. ¡Fuera, objeto oscurantista! No se va, es evidente. ¡Un hacha, un hacha! No se asusta en lo más mínimo, tiene el agitado aire de inmovilidad de las peores maquinaciones del negativismo que se inserta solapado en las fábricas de la imaginación para no dejarla remontar sin un lastre de mortalidad hacia las nubes, que serían su verdadera patria si la gravedad, esa mesa omnímoda y ubicua, no pesara tanto en los chalecos de todos ustedes, en la hebilla de mi cinturón y hasta en las pestañas de esa preciosura que desde la quinta fila no ha hecho otra cosa que suplicarme silenciosamente que la introduzca sin tardar en Honduras. Advierto signos de impaciencia, los ujieres están furiosos, habrá renuncias en la comisión directiva, preveo desde ahora una disminución del presupuesto para actos culturales; entramos en la entropía, la palabra es como una golondrina cayendo en una sopera de tapioca, ya nadie sabe lo que pasa y eso es precisamente lo que pretende esta mesa hija de puta, quedarse sola en una sala vacía mientras todos lloramos o nos deshacemos a puñetazos en las escaleras de salida. ¿Irás a triunfar, basilisco repugnante? Que nadie finja ignorar esta presencia que tiñe de irrealidad toda comunicación, toda semántica. Mírenla clavada entre nosotros, entre nosotros a cada lado de esta horrenda muralla con el aire que reina en un asilo de idiotas cuando un director progresista pretende dar a conocer la música de Stockhausen. Ah, nos creíamos libres, en alguna parte la presidenta del ateneo tenía preparado un ramo de rosas que me hubiera entregado la hija menor del secretario mientras ustedes restablecían con aplausos fragorosos la congelada circulación de sus traseros. Pero nada de eso pasará por culpa de esta concreción abominable que ignorábamos, que veíamos al entrar como algo tan obvio hasta que un roce ocasional de mi mano la reveló bruscamente en su agresiva hostilidad agazapada. ¿Cómo pudimos imaginar una libertad inexistente, sentarnos aquí cuando nada era concebible, nada era posible si antes no nos librábamos de esta mesa? ¡Molécula viscosa de un gigantesco enigma, aglutinante testigo de las peores servidumbres! La sola idea de Honduras suena como un globo reventado en el apogeo de una fiesta infantil. ¿Quién puede ya concebir a Honduras, es que esa palabra tiene algún sentido mientras estemos a cada lado de este río de fuego negro? ¡Y yo iba a pronunciar una conferencia! ¡Y ustedes se disponían a escucharla! No, es demasiado, tengamos al menos el valor de despertar o por lo menos de admitir que queremos despertar y que lo único que puede salvarnos es el casi insoportable valor de pasar la mano sobre esta indiferente obscenidad geométrica, mientras decimos todos juntos: Mide un metro veinte de ancho y dos cuarenta de largo más o menos, es de roble macizo, o de caoba, o de pino barnizado. ¿Pero acabaremos alguna vez, sabremos lo que es esto? No lo creo, será inútil.

Aquí, por ejemplo, algo que parece un nudo de la madera... ¿Usted cree, señora, que es un nudo de la madera? Y aquí, lo que llamábamos pata, ¿qué significa esta precipitación en ángulo recto, este vómito fosilizado hacia el piso? Y el piso, esa seguridad de nuestros pasos, ¿qué esconde debajo del parqué lustrado?

(En general la conferencia termina —la terminan— mucho antes, y la mesa se queda sola en la sala vacía. Nadie, claro, la verá levantar una pata como hacen siempre las mesas cuando se quedan solas.)

Lucas, sus hospitales (I)

Como la clínica donde se ha internado Lucas es una clínica de cinco estrellas, los-enfermos-tienen-siempre-razón, y decirles que no cuando piden cosas absurdas es un problema serio para las enfermeras, todas ellas a cual más ricucha y casi siempre diciendo que sí por las razones que preceden.

Desde luego no es posible acceder al pedido del gordo de la habitación 12, que en plena cirrosis hepática reclama cada tres horas una botella de ginebra, pero en cambio con qué placer, con qué gusto las chicas dicen que sí, que cómo no, que claro, cuando Lucas que ha salido al pasillo mientras le ventilan la habitación y ha descubierto un ramo de margaritas en la sala de espera, pide casi tímidamente que le permitan llevar una margarita a su cuarto para alegrar el ambiente.

Después de acostar la flor en la mesa de luz, Lucas toca el timbre y solicita un vaso de agua para darle a la margarita una postura más adecuada. Apenas le traen el vaso y le instalan la flor, Lucas hace notar que la mesa de luz está abarrotada de frascos, revistas, cigarrillos y tarjetas postales, de manera que tal vez se podría poner una mesita a los pies de la cama, ubicación que le permitiría gozar de la presencia de la margarita sin tener que dislocarse el pescuezo para distinguirla entre los diferentes objetos que proliferan en la mesa de luz.

La enfermera trae enseguida lo solicitado y pone el vaso con la margarita en el ángulo visual más favorable, cosa que Lucas le agradece haciéndole notar de paso que como muchos amigos vienen a visitarlo y las sillas son un tanto escasas, nada mejor que aprovechar la presencia de la mesita para agregar dos o tres sillones confortables y crear un ambiente más apto para la conversación.

Tan pronto las enfermeras aparecen con los sillones, Lucas les dice que se siente sumamente obligado hacia sus amigos que tanto lo acompañan en el mal trago, razón por la cual la mesa se prestaría perfectamente, previa colocación de un mantelito, para soportar dos o tres botellas de whisky y media docena de vasos, de ser posible esos que tienen el cristal facetado, sin hablar de un termo con hielo y botellas de soda.

Las chicas se desparraman en busca de estos implementos y los disponen artísticamente sobre la mesa, ocasión en la que Lucas se permite señalar que la presencia de vasos y botellas desvirtúa considerablemente la eficacia estética de la margarita, bastante perdida en el conjunto, aunque la solución es muy simple porque lo que falta de verdad en esa pieza es un armario para guardar la ropa y los zapatos, toscamente amontonados en un placard del pasillo, por lo cual bastará colocar el vaso con la margarita en lo alto del armario para que la flor domine el ambiente y le dé ese encanto un poco secreto que es la clave de toda buena convalecencia.

Sobrepasadas por los acontecimientos pero fieles a las normas de la clínica, las chicas acarrean trabajosamente un vasto armario sobre el cual termina por posarse la margarita como un ojo ligeramente estupefacto pero lleno de benevolencia. Las enfermeras se trepan al armario para agregar un poco de agua fresca en el vaso, y entonces Lucas cierra los ojos y dice que ahora todo está perfecto y que va a tratar de dormir un rato. Tan pronto le cierran la puerta se levanta, saca la margarita del vaso y la tira por la ventana, porque no es una flor que le guste particularmente.

II

II

...papeles donde se diseñaban desembarcos
en países no situados en el tiempo ni en el espacio,
como un desfile de banda militar china entre
la eternidad y la nada.

José Lezama Lima, *Paradiso.*

Destino de las explicaciones

En algún lugar debe haber un basural donde están amontonadas las explicaciones.

Una sola cosa inquieta en este justo panorama: lo que pueda ocurrir el día en que alguien consiga explicar también el basural.

El copiloto silencioso

Curioso enlace de una historia y una hipótesis a muchos años y a una remota distancia; algo que ahora puede ser un hecho exacto pero que hasta el azar de una charla en París no cuajó, veinte años *antes*, en una carretera solitaria de la provincia de Córdoba en la Argentina.

La historia la contó Aldo Franceschini, la hipótesis la puse yo, y las dos sucedieron en un taller de pintura de la calle Paul Valéry entre tragos de vino, tabaco, y ese gusto de hablar sobre cosas de nuestra tierra sin los meritorios suspiros folklóricos de tantos otros argentinos que andan por ahí sin que se sepa bien por qué. Me parece que se empezó con los hermanos Gálvez y con los álamos de Uspallata; en todo caso yo aludí a Mendoza, y Aldo que es de allí se apiló firme y cuando acordamos ya se venía en auto de Mendoza a Buenos Aires, cruzaba Córdoba en plena noche y de golpe se quedaba sin nafta o sin agua para el radiador en mitad de la carretera. Su historia puede caber en estas palabras:

—Era una noche muy oscura en un lugar completamente desierto, y no se podía hacer otra cosa que esperar el paso de algún auto que nos sacara de apuros. En esos años era raro que en tramos tan largos no se llevaran latas con nafta y agua de repuesto; en el peor de los casos el que pasara podría levantarnos a mi mujer y a mí hasta el hotel del primer pueblo que tuviera un hotel. Nos quedamos en la oscuridad, el auto bien arrimado a la banquina, fumando y esperando. A eso de la una vimos venir un coche que bajaba hacia Buenos Aires, y yo me puse a hacer señas con la linterna en mitad de la carretera.

»Esas cosas no se entienden ni se verifican en el momento, pero antes de que el auto se detuviera sentí que el conductor no quería parar, que en ese auto que llegaba a toda máquina había como un deseo de seguir de largo aunque me hubiesen visto tirado en el camino con la cabeza rota. Tuve que hacerme a un lado a último momento porque la mala voluntad de la frenada se lo llevó cuarenta metros más adelante; corrí para alcanzarlo, y me acerqué a la ventanilla del lado del volante. Había apagado la linterna porque el reflejo del tablero de dirección bastaba para recortar la cara del hombre que manejaba. Rápidamente le expliqué lo que pasaba y le pedí auxilio, y mientras lo hacía se me apretaba el estómago porque la verdad es que ya al acercarme a ese auto había empezado a sentir miedo, un miedo sin razón puesto que el más inquieto debía ser el automovilista en esa oscuridad y en ese lugar. Mientras le explicaba la cosa miraba dentro del auto, atrás no viajaba nadie, pero en el otro asiento delantero había algo sentado. Te digo algo por falta de mejor palabra y porque todo empezó y acabó con tal rapidez que lo único verdaderamente definido era un miedo como no había sentido nunca. Te juro que cuando el conductor aceleró brutalmente el motor mientras decía: "No tenemos nafta", y arrancaba al mismo tiempo, me sentí como aliviado. Volví a mi coche;

no hubiera podido explicarle a mi mujer lo que había pasado, pero lo mismo se lo expliqué y ella comprendió ese absurdo como si lo que nos amenazaba desde ese auto la hubiese alcanzado también a tanta distancia y sin ver lo que yo había visto.

»Ahora vos me preguntarás qué había visto, y tampoco sé. Al lado del que manejaba había algo sentado, ya te dije, una forma negra que no hacía el menor movimiento ni volvía la cara hacia mí. Al fin y al cabo nada me hubiera impedido encender la linterna para iluminar a los dos pasajeros, pero decime por qué mi brazo era incapaz de ese gesto, por qué todo duró apenas unos segundos, por qué casi le di gracias a Dios cuando el auto arrancó para perderse en la distancia, y sobre todo por qué carajo no lamenté pasarme la noche en pleno campo hasta que al amanecer un camionero nos dio una mano y hasta unos tragos de grapa.

»Lo que no comprenderé nunca es que todo eso antecediera a lo que alcancé a ver, que además era casi nada. Fue como si ya hubiese tenido miedo al sentir que los del auto no querían parar y que sólo lo hacían a la fuerza, para no atropellarme; pero no es una explicación, porque al fin y al cabo a nadie le gusta que lo detengan en plena noche y en esa soledad. He llegado a convencerme de que la cosa empezó mientras le hablaba al conductor, y con todo es posible que algo me hubiese llegado ya por otra vía mientras me acercaba al auto, una atmósfera, si querés llamarlo así. No puedo entender de otra manera que me sintiera como helado mientras cambiaba esas palabras con el del volante, y que la entrevisión *del otro*, en el que instantáneamente se concentró el espanto, fuese la verdadera razón de todo eso. Pero de ahí a comprender... ¿Era un monstruo, un tarado horripilante que llevaban en plena noche para que nadie lo viese? ¿Un enfermo con la cara deformada o llena de pústulas, un anormal que irradiaba una fuerza maligna, un aura insoportable? No sé, no sé. Pero nunca he tenido más miedo en mi vida, hermano».

Como yo me he traído conmigo treinta y ocho años de recuerdos argentinos bien apilados, la historia de Aldo hizo click en alguna parte y la IBM se agitó un momento y al final sacó una ficha con la hipótesis, quizá con la explicación. Me acordé incluso de que yo también había sentido algo así la primera vez que me habían hablado de aquello en un café porteño, un miedo puramente mental como estar en el cine viendo *Vampyr*; tantos años después ese miedo se entendía con el de Aldo, y como siempre ese entendimiento le daba toda su fuerza a la hipótesis.

—Lo que iba esa noche al lado del conductor era un muerto —le dije—. Curioso que nunca hubieras oído hablar de la industria del transporte de cadáveres en los años treinta y cuarenta, en especial tuberculosos que morían en los sanatorios de Córdoba y que la familia quería enterrar en Buenos Aires. Una cuestión de derechos federales o algo por el estilo volvía carísimo el traslado del cadáver; así nació la idea de maquillar un poco al muerto, sentarlo junto al conductor de un auto, y hacer la etapa de Córdoba a Buenos Aires en plena noche para llegar antes del alba a la capital. Cuando me hablaron del asunto sentí casi lo mismo que vos; después traté de imaginar la falta de imaginación de los tipos que se ganaban la vida en esa forma, y nunca pude conseguirlo. ¿Te ves en un auto con un muerto pegado a tu hombro, corriendo a ciento veinte en plena soledad pampeana? Cinco o seis horas en las que podían pasar tantas cosas, porque un cadáver no es un ente tan rígido como se piensa, y un vivo no puede ser tan paquidermo como también se está tentado de pensar. Corolario más amable mientras nos tomamos otro vinito: por lo menos dos de los que estaban en esa industria llegaron más tarde a ser grandes volantes en las competencias sobre carretera. Y es curioso, ahora que pienso, que esta conversación empezara con los hermanos Gálvez, no creo que hicieran ese trabajo pero corrieron contra otros que lo habían hecho. También es cierto que en esas carreras de locos se andaba siempre con un muerto muy pegado al cuerpo.

Nos podría pasar, me crea

El *verba volant* les parece más o menos aceptable, pero lo que no pueden tolerar es el *scripta manent*, y ya van miles de años de manera que calcule. Por eso aquel mandamás recibió con entusiasmo la noticia de que un sabio bastante desconocido había inventado el tirón de la piolita y se lo vendía casi gratis porque al final de su vida se había vuelto misántropo. Lo recibió el mismo día y le ofreció té con tostadas, que es lo que conviene ofrecer a los sabios.

—Seré conciso —dijo el invitado—. A usted la literatura, los poemas y esas cosas, ¿no?

—Eso, doctor —dijo el mandamás—. Y los panfletos, los diarios de oposición, toda esa mierda.

—Perfecto, pero usted se dará cuenta de que el invento no hace distingos, quiero decir que su propia prensa, sus plumíferos.

—Qué le vamos a hacer, de cualquier modo salgo ganando si es verdad que.

—En ese caso —dijo el sabio sacando un aparatito del chaleco—. La cosa es facilísima. ¿Qué es una palabra sino una serie de letras y qué es una letra sino una línea que forma un dibujo dado? Ahora que estamos de acuerdo yo aprieto este botoncito de nácar y el aparato desencadena el tirón que actúa en cada letra y la deja planchada y lisa, una piolita horizontal de tinta. ¿Lo hago?

—Hágalo, carajo —bramó el mandamás.

El diario oficial, sobre la mesa, cambió vistosamente de aspecto; páginas y páginas de columnas llenas de rayitas como un morse idiota que solamente dijera - - - - -.

—Échele un vistazo a la enciclopedia Espasa —dijo el sabio que no ignoraba la sempiterna presencia de ese artefacto en los ambientes gubernativos. Pero no fue necesario porque ya sonaba el teléfono, entraba a los saltos el ministro de Cultura, la plaza llena de gente, esa noche en todo el planeta ni un solo libro impreso, ni una sola letra perdida en el fondo de un cajón de tipografía.

Yo pude escribir esto porque soy el sabio, y además porque no hay regla sin excepción.

Lazos de familia

Odian de tal manera a la tía Angustias que se aprovechan hasta de las vacaciones para hacérselo saber. Apenas la familia sale hacia diversos rumbos turísticos, diluvio de tarjetas postales en Agfacolor, en Kodachrome, hasta en blanco y negro si no hay otras a tiro, pero todas sin excepción recubiertas de insultos. De Rosario, de San Andrés de Giles, de Chivilcoy, de la esquina de Chacabuco y Moreno, los carteros cinco o seis veces por día a las puteadas, la tía Angustias feliz. Ella no sale nunca de su casa, le gusta quedarse en el patio, se pasa los días recibiendo las tarjetas postales y está encantada.

Modelos de tarjetas: «Salud, asquerosa, que te parta un rayo, Gustavo». «Te escupo en el tejido, Josefina.» «Que el gato te seque a meadas los malvones, tu hermanita.» Y así consecutivamente.

La tía Angustias se levanta temprano para atender a los carteros y darles propinas. Lee las tarjetas, admira las fotografías y vuelve a leer los saludos. De noche saca su álbum de recuerdos y va colocando con mucho cuidado la cosecha del día, de manera que se puedan ver las vistas pero también los saludos. «Pobres ángeles, cuántas postales me mandan», piensa la tía Angustias, «ésta con la vaquita, ésta con la iglesia, aquí el lago Traful, aquí el ramo de flores», mirándolas una a una enternecida y clavando alfileres en cada postal, cosa de que no vayan a salirse del álbum, aunque eso sí clavándolas siempre en las firmas, vaya a saber por qué.

Cómo se pasa al lado

Los descubrimientos importantes se hacen en las circunstancias y los lugares más insólitos. La manzana de Newton, mire si no es cosa de pasmarse. A mí me ocurrió que en mitad de una reunión de negocios pensé sin saber por qué en los gatos —que no tenían nada que ver con el orden del día— y descubrí bruscamente que los gatos son teléfonos. Así nomás, como siempre las cosas geniales.

Desde luego un descubrimiento parecido suscita una cierta sorpresa, puesto que nadie está habituado a que los teléfonos vayan y vengan y sobre todo que beban leche y adoren el pescado. Lleva su tiempo comprender que se trata de teléfonos especiales, como los walkie-talkies que no tienen cables, y además que también nosotros somos especiales en el sentido de que hasta ahora no habíamos comprendido que los gatos eran teléfonos y por lo tanto no se nos había ocurrido utilizarlos.

Dado que esta negligencia remonta a la más alta antigüedad, poco puede esperarse de las comunicaciones que logremos establecer a partir de mi descubrimiento, pues resulta evidente la falta de un código que nos permita comprender los mensajes, su procedencia y la índole de quienes nos los envían. No se trata, como ya se habrá advertido, de descolgar un tubo inexistente para discar un número que nada tiene que ver con nuestras cifras, y mucho menos comprender lo que desde el otro lado puedan estar diciéndonos con algún motivo igualmente confuso. Que el teléfono funciona, todo gato lo prueba con una honradez mal retribuida por parte de los abonados bípedos; nadie negará que su teléfono negro, blanco, barcino o angora llega a cada momento con un aire decidido, se detiene a los pies del abonado y produce un mensaje que nuestra literatura primaria y patética translitera estúpidamente en forma de *miau* y otros fonemas parecidos. Verbos sedosos, afelpados adjetivos, oraciones simples y compuestas pero siempre jabonosas y glicerinadas forman un discurso que en algunos casos se relaciona con el hambre, en cuya oportunidad el teléfono no es nada más que un gato, pero otras veces se expresa con absoluta prescindencia de su persona, lo que prueba que un gato es un teléfono.

Torpes y pretenciosos, hemos dejado pasar milenios sin responder a las llamadas, sin preguntarnos de dónde venían, quiénes estaban del otro lado de esa línea que una cola trémula se hartó de mostrarnos en cualquier casa del mundo. ¿De qué me sirve y nos sirve mi descubrimiento? Todo gato es un teléfono pero todo hombre es un pobre hombre. Vaya a saber lo que siguen diciéndonos, los caminos que nos muestran; por mi parte sólo he sido capaz de discar en mi teléfono ordinario el número de la universidad para la cual trabajo y anunciar casi avergonzadamente mi descubrimiento. Parece inútil mencionar el silencio de tapioca congelada con que lo han recibido los sabios que contestan a ese tipo de llamadas.

Un pequeño paraíso

Las formas de la felicidad son muy variadas, y no debe extrañar que los habitantes del país que gobierna el general Orangu se consideren dichosos a partir del día en que tienen la sangre llena de pescaditos de oro.

De hecho los pescaditos no son de oro sino simplemente dorados, pero basta verlos para que sus resplandecientes brincos se traduzcan de inmediato en una urgente ansiedad de posesión. Bien lo sabía el gobierno cuando un naturalista capturó los primeros ejemplares, que se reprodujeron velozmente en un cultivo propicio. Técnicamente conocido por Z-8, el pescadito de oro es sumamente pequeño, a tal punto que si fuera posible imaginar una gallina del tamaño de una mosca, el pescadito de oro tendría el tamaño de esa gallina. Por eso resulta muy simple incorporarlo al torrente sanguíneo de los habitantes en la época en que éstos cumplen los dieciocho años; la ley fija esa edad y el procedimiento técnico correspondiente.

Es así como cada joven del país espera ansioso el día en que le será dado ingresar en uno de los centros de implantación, y su familia lo rodea con la alegría que acompaña siempre a las grandes ceremonias. Una vena del brazo es conectada a un tubo que baja de un frasco transparente lleno de suero fisiológico, en el cual llegado el momento se introducen veinte pescaditos de oro. La familia y el beneficiado pueden admirar largamente los cabrilleos y las evoluciones de los pescaditos de oro en el frasco de cristal, hasta que uno tras otro son absorbidos por el tubo, descienden inmóviles y acaso un poco azorados como otras tantas gotas de luz, y desaparecen en la vena. Media hora más tarde el ciudadano posee su número completo de pescaditos de oro y se retira para festejar largamente su acceso a la felicidad.

Bien mirado, los habitantes son dichosos por imaginación más que por contacto directo con la realidad. Aunque ya no pueden verlos, cada uno sabe que los pescaditos de oro recorren el gran árbol de sus arterias y sus venas, y antes de dormirse les parece asistir en la concavidad de sus párpados al ir y venir de las centellas relucientes, más doradas que nunca contra el fondo rojo de los ríos y los arroyos por donde se deslizan. Lo que más los fascina es la noción de que los veinte pescaditos de oro no tardan en multiplicarse, y así los imaginan innumerables y radiantes en todas partes, resbalando bajo la frente, llegando a las extremidades de los dedos, concentrándose en las grandes arterias femorales, en la yugular, o escurriéndose agilísimos en las zonas más estrechas y secretas. El paso periódico por el corazón constituye la imagen más deliciosa de esta visión interior, pues ahí los pescaditos de oro han de encontrar toboganes, lagos y cascadas para sus juegos y concilios, y es seguramente en ese gran puerto rumoroso donde se reconocen, se eligen y se aparean. Cuando los muchachos y las muchachas se enamoran, lo hacen convencidos de que también en sus corazones algún pescadito de oro ha encontrado su pareja. Incluso ciertos cosquilleos incitantes son inmediatamente atribuidos al acoplamiento de los pescaditos de oro en las zonas interesadas. Los ritmos esenciales de la vida se corresponden así por fuera y por dentro; sería difícil imaginar una felicidad más armoniosa.

El único obstáculo a este cuadro lo constituye periódicamente la muerte de alguno de los pescaditos de oro. Longevos, llega sin embargo el día en que uno de ellos perece y su cuerpo, arrastrado por el flujo sanguíneo, termina por obstruir el pasaje de una arteria a una vena o de una vena a un vaso. Los habitantes conocen los síntomas, por lo demás muy simples: la respiración se vuelve dificultosa y a veces se sienten vértigos. En ese caso se procede a utilizar una de las ampollas inyectables que cada cual almacena en su casa. A los pocos minutos el producto desintegra el cuerpo del pescadito muerto y la circulación vuelve a ser normal. Según las previsiones del gobierno, cada habitante está llamado a utilizar dos o tres ampollas por mes, puesto que los pescaditos de oro se han reproducido enormemente y su índice de mortalidad tiende a subir con el tiempo.

El gobierno del general Orangu ha fijado el precio de cada ampolla en un equivalente de veinte dólares, lo que supone un ingreso anual de varios millones; si para los observadores extranjeros esto equivale a un pesado impuesto, los habitantes jamás lo han entendido así pues cada ampolla los devuelve a la felicidad y es justo que paguen por ella. Cuando se trata de familias sin recursos, cosa muy habitual, el gobierno les facilita las ampollas a crédito, cobrándoles como es lógico el doble de su precio al contado. Si aun así hay quienes carecen de ampollas, queda el recurso de acudir a un próspero mercado negro que el gobierno, comprensivo y bondadoso, deja florecer para mayor dicha de su pueblo y de algunos coroneles. ¿Qué importa la miseria, después de todo, cuando se sabe que cada uno tiene sus pescaditos de oro, y que pronto llegará el día en que una nueva generación los recibirá a su vez y habrá fiestas y habrá cantos y habrá bailes?

Vidas de artistos

Cuando los niños empiezan a ingresar en la lengua española, el principio general de las desinencias en «o» y «a» les parece tan lógico que lo aplican sin vacilar y con muchísima razón a las excepciones, y así mientras la Beba es idiota, el Toto es idioto, un águila y una gaviota forman su hogar con un águilo y un gavioto, y casi no hay galeoto que no haya sido encadenado al remo por culpa de una galeota. A mí me parece esto tan justo que sigo convencido de que actividades tales como las de turista, artista, contratista, pasatista y escapista deberían formar su desinencia con arreglo al sexo de sus ejercitantes. Dentro de una civilización resueltamente androcrática como la de Latinoamérica, corresponde hablar de artistos en general, y de artistos y de artistas en particular. En cuanto a las vidas que siguen, son modestas pero ejemplares y me encolerizaré con el que sostenga lo contrario.

Kitten on the Keys

A un gato le enseñaron a tocar el piano, y este animal sentado en un taburete tocaba y tocaba el repertorio existente para piano, y además cinco composiciones suyas dedicadas a diversos perros.

Por lo demás el gato era de una estupidez perfecta, y en los intervalos de los conciertos componía nuevas piezas con una obstinación que dejaba a todos estupefactos. Así llegó al opus ochenta y nueve, en cuyas circunstancias fue víctima de un ladrillo arrojado por alguien con saña tenaz. Duerme hoy el último sueño en el foyer del Gran Rex, Corrientes 640.

La armonía natural o no se puede andar violándola

Un niño tenía trece dedos en cada mano, y sus tías lo pusieron enseguida al arpa, cosa de aprovechar las sobras y completar el profesorado en la mitad del tiempo de los pobres pentadígitos.

Con esto el niño llegó a tocar de tal manera que no había partitura que le bastara. Cuando empezó a producir conciertos era tan extraordinaria la cantidad de música que concentraba en el tiempo y el espacio con sus veintiséis dedos que los oyentes no podían seguirlo y acababan siempre retrasados, de modo que cuando el joven artisto liquidaba *La fuente de Aretusa* (transcripción) la pobre gente estaba todavía en el *Tambourin Chinois* (arreglo). Esto naturalmente creaba confusiones hórridas, pero todos reconocían que el niño tocaba-como-un-ángel.

Así pasó que los oyentes fieles, tales como los abonados a palcos y los críticos de los diarios, continuaron yendo a los conciertos del niño, tratando con toda buena voluntad de no quedarse atrás en el desarrollo del programa.

Tanto escuchaban que a varios de ellos empezaron a crecerles orejas en la cara, y a cada nueva oreja que les crecía se acercaban un poco más a la música de los veintiséis dedos en el arpa. El inconveniente residía en que a la salida de la Wagneriana se producían desmayos por docena al ver aparecer a los oyentes con el semblante recubierto de orejas, y entonces el Intendente Municipal cortó por lo sano, y al niño lo pusieron en Impuestos Internos sección mecanografía, donde trabajaba tan rápido que era un placer para sus jefes y la muerte para sus compañeros. En cuanto a la música, del salón en el ángulo oscuro, por su dueño tal vez olvidada, silenciosa y cubierta de polvo veíase el arpa.

Costumbres en la Sinfónica «La Mosca»

El director de la Sinfónica «La Mosca», maestro Tabaré Piscitelli, era el autor del lema de la orquesta: «Creación en libertad». A tal fin autorizaba el uso del cuello volcado, del anarquismo, de la benzedrina, y daba personalmente un alto ejemplo de independencia. ¿No se lo vio acaso, en mitad de una sinfonía de Mahler, pasar la batuta a uno de los violines (que se llevó el jabón de su vida) e irse a leer *La Razón* a una platea vacía?

Los violoncelistas de la Sinfónica «La Mosca» amaban en bloque a la arpista, señora viuda de Pérez Sangiácomo. Este amor se traducía en una notable tendencia a romper el orden de la orquesta y rodear con una especie de biombo de violoncelos a la azorada ejecutante, cuyas manos sobresalían como señales de socorro durante todo el programa. Por lo demás, nunca un abonado a los conciertos oyó un solo arpegio del arpa, pues los zumbidos vehementes de los violoncelos tapaban sus delicadas efusiones.

Conminada por la Comisión Directiva, la señora de Pérez Sangiácomo manifestó la preferencia de su corazón por el violoncelista Remo Persutti, quien fue autorizado a mantener su instrumento junto al arpa, mientras los otros se volvían, triste procesión de escarabajos, al lugar que la tradición asigna a sus caparazones pensativas.

En esta orquesta uno de los fagotes no podía tocar su instrumento sin que le ocurriera el raro fenómeno de ser absorbido e instantáneamente expulsado por el otro extremo, con tal rapidez que el estupefacto músico se descubría de golpe al otro lado del fagote y tenía que dar la vuelta a gran velocidad y continuar tocando, no sin que el director lo menoscabara con horrendas referencias personales.

Una noche en que se ejecutaba la *Sinfonía de la Muñeca*, de Alberto Williams, el fagote atacado de absorción se halló de pronto al otro lado del instrumento, con el grave inconveniente esta vez de que dicho lugar del espacio estaba ocupado por el clarinetista Perkins Virasoro, quien de resultas de la colisión fue proyectado sobre los contrabajos y se levantó marcadamente furioso y pronunciando palabras que nadie ha oído nunca en boca de una muñeca; tal fue al menos la opinión de las señoras abonadas y del bombero de turno en la sala, padre de varias criaturas.

Habiendo faltado el violoncelista Remo Persutti, el personal de esta cuerda se trasladó en corporación al lado de la arpista, señora viuda de Pérez Sangiácomo, de donde no se movió en toda la velada. El personal del teatro puso una alfombra y macetas con helechos para llenar el sensible vacío producido.

El timbalero Alcides Radaelli aprovechaba los poemas sinfónicos de Richard Strauss para enviar mensajes en Morse a su novia, abonada al superpúlman, izquierda ocho.

Un telegrafista del ejército, presente en el concierto por haberse suspendido el box en el Luna Park a causa del duelo familiar de uno de los contendientes, descifró con gran estupefacción la siguiente frase que brotaba a la mitad de *Así hablaba Zaratustra:* «¿Vas mejor de la urticaria, Cuca?».

Quintaesencias

El tenor Américo Scravellini, del elenco del teatro Marconi, cantaba con tanta dulzura que sus admiradores lo llamaban «el ángel».

Así nadie se sintió demasiado sorprendido cuando a mitad de un concierto, viose bajar por el aire a cuatro hermosos serafines que, con un susurro inefable de alas de oro y de carmín, acompañaban la voz del gran cantante. Si una parte del público dio comprensibles señales de asombro, el resto, fascinado por la perfección vocal del tenor Scravellini, acató la presencia de los ángeles como un milagro casi necesario, o más bien como si no fuese un milagro. El mismo cantante, entregado a su efusión, limitábase a alzar los ojos hacia los ángeles y seguía cantando con esa media voz impalpable que le había dado celebridad en todos los teatros subvencionados.

Dulcemente los ángeles lo rodearon, y sosteniéndolo con infinita ternura y gentileza, ascendieron por el escenario mientras los asistentes temblaban de emoción y maravilla, y el cantante continuaba su melodía que, en el aire, se volvía más y más etérea.

Así los ángeles lo fueron alejando del público, que por fin comprendía que el tenor Scravellini no era de este mundo. El celeste grupo llegó hasta lo más alto del teatro; la voz del cantante era cada vez más extraterrena. Cuando de su garganta nacía la nota final y perfectísima del aria, los ángeles lo soltaron.

De los seis trabajos críticos citados sólo se da una breve síntesis de sus enfoques respectivos.

Jarabe de pato, poemas de José Lobizón (*Horizontes*, La Paz, Bolivia, 1974). Reseña crítica de Michel Pardal en el *Bulletin Sémantique*, Universidad de Marsella, 1975 (traducido del francés):

> Pocas veces nos ha sido dado leer un producto tan paupérrimo de la poesía latinoamericana. Confundiendo tradición con creación, el autor acumula un triste rosario de lugares comunes que la versificación sólo consigue volver aún más huecos.

Artículo de Nancy Douglas en *The Phenomenological Review*, Nebraska University, 1975 (traducido del inglés):

> Es obvio que Michel Pardal maneja erróneamente los conceptos de creación y tradición, en la medida en que esta última es la suma decantada de una creación pretérita, y no puede ser opuesta en modo alguno a la creación contemporánea.

Artículo de Boris Romanski en *Sovietskaya Biéli*, Unión de Escritores de Mongolia, 1975 (traducido del ruso):

> Con una frivolidad que no engaña acerca de sus verdaderas intenciones ideológicas, Nancy Douglas carga a fondo el platillo más conservador y reaccionario de la crítica, pretendiendo frenar el avance de la literatura contemporánea en nombre de una supuesta «fecundidad del pasado». Lo que tantas veces se reprochó injustamente a las letras soviéticas, se vuelve ahora un dogma dentro del campo capitalista. ¿No es justo, entonces, hablar de frivolidad?

Artículo de Philip Murray en *The Nonsense Tabloid*, Londres, 1976 (traducido del inglés):

> El lenguaje del profesor Boris Romanski merece la calificación más bien bondadosa de jerga adocenada. ¿Cómo es posible enfrentar la propuesta crítica en términos perceptiblemente historicistas? ¿Es que el profesor Romanski viaja todavía en calesa, sella sus cartas con cera y se cura el resfrío con jarabe de marmota? Dentro de la perspectiva actual de la crítica, ¿no es tiempo de reemplazar las nociones de tradición y de creación por galaxias simbióticas tales como «entropía histórico-cultural» y «coeficiente antropodinámico»?

Artículo de Gérard Depardiable en *Quel Sel*, París, 1976 (traducido del francés):

¡Albión, Albión, fiel a ti misma! Parece increíble que al otro lado de un canal que puede cruzarse a nado se acontezca y se persista involucionando hacia la ucronía más irreversible del espacio crítico. Es obvio: Philip Murray no ha leído a Saussure, y sus propuestas aparentemente polisémicas son en definitiva tan obsoletas como las que critica. Para nosotros la dicotomía ínsita en el continuo aparencial del decurso escriturante se proyecta como significado a término y como significante en implosión virtual (demóticamente, pasado y presente).

Artículo de Benito Almazán en *Ida Singular*, México, 1977:

Admirable trabajo heurístico el de Gérard Depardiable, que bien cabe calificar de estructuralógico por su doble riqueza *ur*-semiótica y su rigor coyuntural en un campo tan propicio al mero epifonema. Dejaré que un poeta resuma premonitoriamente estas conquistas textológicas que anuncian ya la parametainfracrítica del futuro. En su magistral libro *Jarabe de pato*, José Lobizón dice al término de un extenso poema:

Cosa una es ser el pato por las plumas,
cosa otra ser las plumas desde el pato.

¿Qué agregar a esta deslumbrante absolutización de lo contingente?

¿Qué es un polígrafo?

Mi tocayo Casares no terminará jamás de asombrarme. Dado lo que sigue, me disponía a titular *Poligrafía* este capítulo, pero un instinto como de perro me llevó a la página 840 del pterodáctilo ideológico, y ahí zas: Por un lado un polígrafo es, en segunda acepción, «el escritor que trata de materias diferentes», pero en cambio la poligrafía es exclusivamente el arte de escribir de modo que sólo pueda descifrar lo escrito quien previamente conozca la clave, y también el arte de descifrar los escritos de esta clase. Con lo cual no se le puede llamar «Poligrafía» a mi capítulo, que trata nada menos que del doctor Samuel Johnson.

En 1756, a los cuarenta y siete años de edad y según los datos del empecinado Boswell, el doctor Johnson empezó a colaborar en *The Literary Magazine, or Universal Review*. A lo largo de quince números mensuales se publicaron de él los ensayos siguientes: «Introducción a la situación política de Gran Bretaña», «Observaciones sobre la ley de las milicias», «Observaciones sobre los tratados de su Majestad Británica con la Emperatriz de Rusia y el Landgrave de Hesse Cassel», «Observaciones sobre la situación actual», y «Memorias de Federico III, rey de

Prusia». En ese mismo año y los tres primeros meses de 1757, Johnson reseñó los libros siguientes:

Historia de la Royal Society, de Birch.
Diario de la Gray's-Inn, de Murphy.
Ensayo sobre las obras y el genio de Pope, de Warton.
Traducción de Polibio, de Hampton.
Memorias de la corte de Augusto, de Blackwell.
Historia natural de Aleppo, de Russel.
Argumentos de Sir Isaac Newton para probar la existencia de la divinidad.
Historia de las islas de Scilly, de Borlase.
Los experimentos de blanqueo de Holmes.
Moral cristiana, de Browne.
Destilación del agua del mar, ventiladores en los barcos y corrección del mal gusto de la leche, de Hales.
Ensayo sobre las aguas, de Lucas.
Catálogo de los obispos escoceses, de Keith.
Historia de Jamaica, de Browne.
Actas de filosofía, volumen XLIX.
Traducción de las memorias de Sully, de Mrs. Lennox.
Misceláneas, de Elizabeth Harrison.
Mapa e informe sobre las colonias de América, de Evans.
Carta sobre el caso del almirante Byng.
Llamamiento al pueblo acerca del almirante Byng.
Viaje de ocho días, y ensayo sobre el té, de Hanway.
El cadete, tratado militar.
Otros detalles relativos al caso del almirante Byng, por un caballero de Oxford.

Conducta del Ministerio con referencia a la guerra actual, imparcialmente analizada.
Libre examen de la naturaleza y el origen del mal.

En poco más de un año, cinco ensayos y veinticinco reseñas de un hombre cuyo defecto principal según él mismo y sus críticos era la indolencia... El célebre *Diccionario* de Johnson fue completado en tres años, y hay pruebas de que el autor trabajó prácticamente solo en esa gigantesca labor. Garrick, el actor, celebra en un poema que Johnson «haya vencido a cuarenta franceses», alusión a los componentes de la Academia Francesa que trabajaban corporativamente en el diccionario de su lengua.

Yo le tengo gran simpatía a los polígrafos que agitan en todas direcciones la caña de pescar, pretextando al mismo tiempo estar medio dormidos como el doctor Johnson, y que encuentran la manera de cumplir una labor extenuante sobre temas tales como el té, la corrección del mal gusto de la leche y la corte de Augusto, para no hablar de los obispos escoceses. Al fin y al cabo es lo que estoy haciendo en este libro, pero la indolencia del doctor Johnson me parece una furia de trabajo tan inconcebible que mis mejores esfuerzos no pasan de vagos desperezamientos de siesta en una hamaca paraguaya. Cuando pienso que hay novelistas argentinos que producen un libro cada diez años, y en el intervalo convencen a periodistas y señoras de que están agotados por su trabajo interior...

Observaciones ferroviarias

El despertar de la señora de Cinamomo no es alegre, pues al meter los pies en las pantuflas descubre que éstas se le han llenado de caracoles. Armada de un martillo, la señora de Cinamomo procede a aplastar los caracoles, tras de lo cual se ve precisada a tirar las pantuflas a la basura. Con tal intención baja a la cocina y se pone a charlar con la mucama.

—La casa va a estar tan sola ahora que se fue la Ñata.

—Sí, señora —dice la mucama.

—Qué concurrida la estación, anoche. Todos los andenes llenos de gente. La Ñata tan emocionada.

—Salen muchos trenes —dice la mucama.

—Eso, m'hijita. El ferrocarril llega a todos lados.

—Es el progreso —dice la mucama.

—Los horarios tan justos. El tren salía a las ocho y uno, y salió nomás, eso que iba lleno.

—Le conviene —dice la mucama.

—Qué hermoso el compartimento que le tocó a la Ñata, vieras. Todo con barras doradas.

—Sería en primera —dice la mucama.

—Una parte hacía como un balcón y era de material plástico transparente.

—Qué cosa —dice la mucama.

—Iban solamente tres personas, todas con asiento reservado, unas tarjetitas divinas. A la Ñata le tocó de ventanilla, del lado de las barras doradas.

—No me diga —dice la mucama.

—Estaba tan contenta, podía asomarse al balcón y regar las plantas.

—¿Había plantas? —dice la mucama.

—Las que crecen entre las vías. Se pide un vaso de agua y se las riega. La Ñata enseguida pidió uno.

—¿Y se lo trajeron? —dice la mucama.

—No —dice tristemente la señora de Cinamomo, tirando a la basura las pantuflas llenas de caracoles muertos.

Nadando en la piscina de gofio

El profesor José Migueletes inventó en 1964 la piscina de gofio* apoyó en un principio el notable perfeccionamiento técnico que el profesor Migueletes aportaba al arte natatorio. Sin embargo no tardaron en verse los resultados en el campo deportivo cuando en los Juegos Ecológicos de Bagdad el campeón japonés Akiro Teshuma batió el récord mundial al nadar los cinco metros en un minuto cuatro segundos.

Entrevistado por entusiastas periodistas, Teshuma afirmó que la natación en gofio superaba de lejos la tradi-

* que, por si no se sabe, es harina de garbanzos molida muy fina, y que mezclada con azúcar hacía las delicias de los niños argentinos de mi tiempo. Hay quien sostiene que el gofio se hace con harina de maíz, pero sólo el diccionario de la academia española lo proclama, y en esos casos ya se sabe. El gofio es un polvo parduzco y viene en unas bolsitas de papel que los niños se llevan a la boca con resultados que tienden a culminar en la sofocación. Cuando yo cursaba el cuarto grado en Banfield (Ferrocarril del Sud) comíamos tanto gofio en los recreos que de treinta alumnos sólo veintidós llegamos a fin de curso. Las maestras aterradas nos aconsejaban respirar antes de ingerir el gofio, pero los niños, le juro, qué lucha. Terminada esta explicación de los méritos y deméritos de tan nutritiva sustancia, el lector ascenderá a la parte superior de la página para enterarse de que nadie

cional en H_2O. Para empezar, la acción de la gravedad no se hace sentir, y más bien hay que esforzarse para hundir el cuerpo en el suave colchón harinoso; así, la zambullida inicial consiste sobre todo en resbalar sobre el gofio, y quien sepa hacerlo ganará de entrada varios centímetros sobre sus esforzados rivales. A partir de esa fase los movimientos natatorios se basan en la técnica tradicional de la cuchara en la polenta, mientras los pies aplican una rotación de tipo ciclista o, mejor, al estilo de los venerables barcos de ruedas que todavía circulan en algunos cines. El problema que exige una nítida superación es, como lo sospecha cualquiera, el respiratorio. Probado que el estilo espalda no facilita el avance en el gofio, preciso es nadar boca abajo o levemente de lado, con lo cual los ojos, la nariz, las orejas y la boca se entierran inmediatamente en una más que volátil capa que sólo algunos clubes adinerados perfuman con azúcar en polvo. El remedio a este pasajero inconveniente no exige mayores complicaciones: lentes de contacto debidamente impregnados de silicatos contrarrestan las tendencias adherentes del gofio, dos bolas de goma arreglan la cosa por el lado de las orejas, la nariz está provista de un sistema de válvulas de seguridad, y en cuanto a la boca se las rebusca por su cuenta, ya que los cálculos del Tokio Medical Research Center estiman que a lo largo de una carrera de diez metros sólo se tragan unos cuatrocientos gramos de gofio, lo que multiplica la descarga de adrenalina, la vivacidad metabólica y el tono muscular más que nunca esencial en estas competiciones.

Interrogado sobre los motivos por los cuales muchos atletas internacionales muestran una proclividad cada vez mayor por la natación en gofio, Tashuma se limitó a contestar que a lo largo de algunos milenios se ha terminado por comprobar una cierta monotonía en el hecho de tirarse al agua y salir completamente mojado y sin que nada cambie demasiado en el deporte. Dio a entender que la imaginación está tomando poco a poco el poder, y que ya es hora de aplicar formas revolucionarias a los viejos deportes cuyo único incentivo es bajar las marcas por fracciones de segundo, eso cuando se puede, y se puede bastante poco. Modestamente se declaró incapaz de sugerir descubrimientos equivalentes para el fútbol y el tenis, pero hizo una oblicua referencia a un nuevo enfoque del deporte, habló de una pelota de cristal que se habría utilizado en un encuentro de basketbol en Naga, y cuya ruptura accidental pero posibilísima entrañó el harakiri del equipo culpable. Todo puede esperarse de la cultura nipona, sobre todo si se pone a imitar a la mexicana, pero para no salirnos de Occidente y del gofio, este último ha empezado a cotizarse a precios elevados, con particular delectación de sus países productores, todos ellos del Tercer Mundo. La muerte por asfixia de siete niños australianos que pretendían practicar saltos ornamentales en la nueva piscina de Camberra muestra, sin embargo, los límites de este interesante producto, cuyo empleo no debería exagerarse cuando se trata de aficionados.

Familias

—A mí lo que me gusta es tocarme los pies —dice la señora de Bracamonte.

La señora de Cinamomo expresa su escándalo. Cuando la Ñata era chica le daba por tocarse aquí y más allá. Tratamiento: bofetada va y bofetada viene, la letra con sangre entra.

—Hablando de sangre hay que decir que la nena tenía de donde heredar —confidencia la señora de Cinamomo—. No es por decir pero su abuela paterna, de día nada más que vino pero a la noche la empezaba con la vodka y otras porquerías comunistas.

—Los estragos del alcohol —lividece la señora de Bracamonte.

—Le diré, con la educación que le he dado, créame que no le queda ni huella. Ya le voy a dar vino yo a ésa.

—La Ñata es un encanto —dice la señora de Bracamonte.

—Ahora está en Tandil —dice la señora de Cinamomo.

Now shut up, you distasteful Adbekunkus

Quizá los moluscos no sean neuróticos, pero de ahí para arriba no hay más que mirar bien; por mi parte he visto gallinas neuróticas, gusanos neuróticos, perros incalculablemente neuróticos; hay árboles y flores que la psiquiatría del futuro tratará psicosomáticamente porque ya hoy sus formas y colores nos resultan francamente morbosos. A nadie le extrañará entonces mi indiferencia cuando a la hora de tomar una ducha me escuché mentalmente decir con visible placer vindicativo: *Now shut up, you distasteful Adbekunkus.*

Mientras me jabonaba, la admonición se repitió rítmicamente y sin el menor análisis consciente de mi parte, casi como formando parte de la espuma del baño. Sólo al final, entre el agua colonia y la ropa interior, me interesé en mí mismo y de ahí en Adbekunkus, a quien había ordenado callar con tanta insistencia a lo largo de media hora. Me quedó una buena noche de insomnio para interrogarme sobre esa leve manifestación neurótica, ese brote inofensivo pero insistente que continuaba como una resistencia al sueño; empecé a preguntarme dónde podía estar hablando y hablando ese Adbekunkus para que algo en mí que lo escuchaba le exigiese perentoriamente y en inglés que se callara.

Deseché la hipótesis fantástica, demasiado fácil: no había nada ni nadie llamado Adbekunkus, dotado de facilidad elocutiva y fastidiosa. Que se trataba de un nombre propio no lo dudé en ningún momento; hay veces en que uno hasta ve la mayúscula de ciertos sonidos compuestos. Me sé bastante dotado para la invención de palabras que parecen desprovistas de sentido o que lo están hasta que yo lo infundo a mi manera, pero no creo haber suscitado jamás un nombre tan desagradable, tan grotesco y tan rechazable como el de Adbekunkus. Nombre de demonio inferior, de triste adlátere, uno de los tantos que invocan los grimorios; nombre desagradable como su dueño: *distasteful Adbekunkus.* Pero quedarse en el mero sentimiento no llevaba a ninguna parte; tampoco, es verdad, el análisis analógico, los ecos mnemónicos, todos los recursos asociativos. Terminé por aceptar que Adbekunkus no se vinculaba con ningún elemento consciente; lo neurótico parecía precisamente estar en que la frase exigía silencio a algo, a alguien que era un perfecto vacío. Cuántas veces un nombre asomando desde una distracción cualquiera termina por suscitar una imagen animal o humana; esta vez no, era necesario que Adbekunkus se callara pero no se callaría jamás porque jamás había hablado o gritado. ¿Cómo luchar contra esa concreción de vacío? Me dormí un poco como él, hueco y ausente.

Amor 77

Y después de hacer todo lo que hacen, se levantan, se bañan, se entalcan, se perfuman, se peinan, se visten, y así progresivamente van volviendo a ser lo que no son.

Novedades en los servicios públicos

In a Swiftian mood.

Personas dignas de crédito han hecho notar que el autor de estas informaciones conoce de una manera casi enfermiza el sistema de transportes subterráneos de la ciudad de París, y que su tendencia a volver sobre el tema revela trasfondos por lo menos inquietantes. Sin embargo, ¿cómo callar las noticias sobre el restaurante que circula en el *métro* y que provoca comentarios contradictorios en los medios más diversos? Ninguna publicidad desaforada lo ha dado a conocer a la posible clientela; las autoridades guardan un silencio acaso incómodo, y sólo la lenta mancha de aceite de la *vox populi* se abre paso a tantos metros de profundidad. No es posible que una innovación semejante se limite al perímetro privilegiado de una urbe que todo lo cree permitido; es justo e incluso necesario que México, Suecia, Uganda y la Argentina se enteren *inter alia* de una experiencia que va mucho más allá de la gastronomía.

La idea debió de partir de *Maxim's*, puesto que a este templo del morfe le ha sido dada la concesión del coche restaurante, inaugurado poco menos que en silencio a mediados del año en curso. La decoración y el equipo parecen haber repetido sin imaginación especial la atmósfera de cualquier restaurante ferroviario, salvo que en éste se come infinitamente mejor aunque a un precio también infinitamente, detalles que bastan para seleccionar de por sí a la clientela. No faltan quienes se preguntan perplejos la razón de promover una empresa a tal punto refinada en el contexto de un medio de transporte más bien grasa como el *métro*; otros, entre los cuales se cuenta este autor, guardan el silencio deploratorio que merece tal pregunta, puesto que en ella está contenida obviamente la respuesta. En estas cimas de la civilización occidental poco puede interesar ya el paso monótono de un Rolls Royce a un restaurante de lujo, entre galones y reverencias, mientras que es fácil imaginar la delicia estremecedora que representa descender las sucias escaleras del *métro* para colocar el billete en la ranura del mecanismo que permitirá el acceso a andenes invadidos por el número, el sudor y el agobio de las multitudes que salen de fábricas y oficinas para volver a sus casas, y esperar entre boinas, gorras y tapaditos de calidad dudosa el arribo del tren donde aparezca un vagón que los viajeros vulgares sólo podrán contemplar en el breve instante de su detención. El deleite, por lo demás, va mucho más lejos que esta primera e insólita experiencia, como se explicará enseguida.

La idea motora de tan brillante iniciativa tiene antecedentes a lo largo de la historia, desde las expediciones de Mesalina a la Suburra hasta los hipócritas paseos de Harún Al Raschid por las callejuelas de Bagdad, sin hablar del gusto innato en toda auténtica aristocracia por los contactos clandestinos con la peor ralea y la canción norteamericana *Let's go slumming*. Obligada por su condición a circular en automóviles privados, aviones y trenes de lujo, la gran burguesía parisiense descubre por fin algo que hasta ahora consistía sobre todo en escaleras que se pierden en la profundidad y que sólo se emprenden en raras ocasiones y con marcada repugnancia. En una época en que los obreros franceses tienden a renunciar a las reivindicaciones que tanta fama les han dado en la historia de nuestro siglo, con tal de cerrar las manos sobre el volante de un auto propio y remacharse a la pantalla de un televisor en sus escasas horas libres, ¿quién puede escandalizarse de que la burguesía adinerada vuelva la espalda a cosas que amenazan volverse comunes y busque, con una ironía que sus intelectuales no dejarán de hacer notar, un terreno que proporciona en apariencia la máxima cercanía con el proletariado y que a la vez lo distancia mucho más que en la vulgar superficie urbana? Inútil decir que los concesionarios del restaurante y la propia clientela serían los primeros en rechazar indignados un propósito que de alguna manera podría parecer irónico; después de todo, basta reunir el dinero necesario para ascender al restaurante y hacerse servir como cualquier cliente, y es bien sabido que muchos de los mendigos que duermen en los bancos del *métro* tienen inmensas fortunas, al igual que los gitanos y los dirigentes de izquierda.

La administración del restaurante comparte, desde luego, estas rectificaciones, pero no por eso ha dejado de tomar las medidas que tácitamente le reclama su refinada clientela, puesto que el dinero no es el único santo y seña en un lugar basado en la decencia, los buenos modales y el uso imprescindible de desodorantes. Incluso podemos afirmar que esa obligada selección constituyó el problema esencial de los encargados del restaurante, y que no fue sencillo encontrarle una solución a la vez natural y estricta. Ya se sabe que los andenes del *métro* son comunes a todos, y que entre los vagones de segunda y el de primera no existe discriminación importante, al punto que los inspectores suelen descuidar sus verificaciones y en las horas de afluencia el vagón de primera se llena sin que nadie piense en discutir si los pasajeros tienen o no derecho a llenarlo. Por consiguiente, encauzar a los clientes del restaurante de manera de permitirles un fácil acceso presenta dificultades que hasta ahora parecen haberse superado, aunque los responsables no disimulan casi nunca la inquietud que los invade en el momento en que el tren se detiene en cada estación. El método, en líneas generales, consiste en mantener las puertas cerradas mientras el público asciende y desciende de los coches comunes, y abrirlas cuando sólo faltan algunos segundos para la partida; a tal efecto, el tren restaurante está provisto de un anuncio sonoro especial que indica el momento de abrir las puertas para la entrada o salida de los comensales. Esta operación debe realizarse sin obstrucciones de ninguna especie, razón por la cual los guardias del restaurante actúan sincronizadamente con los de la estación, formando en escasos instantes una doble fila que encuadra a los clientes e impide al mismo tiempo que algún advenedizo, un turista inocente o un malvado provocador político logre inmiscuirse en el salón restaurante.

Como es natural, gracias a la publicidad privada del establecimiento, los clientes están informados de que deberán esperar al tren en un sector preciso del andén, sector que cambia cada quince días para despistar a los pasajeros ordinarios, y que tiene como clave secreta uno de los carteles de propaganda de quesos, detergentes o aguas minerales fijados en las paredes del andén. Aunque el sistema resulta costoso, la administración ha preferido informar sobre estos cambios por medio de un boletín confidencial en vez de colocar una flecha u otra indicación precisa en el lugar necesario, puesto que muchos jóvenes desocupados o los vagabundos que se sirven del *métro* como de un hotel no tardarían en concentrarse allí, aunque sólo fuera para admirar de cerca la brillante escenografía del coche restaurante que, sin duda, despertaría sus más bajos apetitos.

El boletín informativo contiene otras indicaciones igualmente necesarias para la clientela; en efecto, es preciso que ésta conozca la línea por la cual circulará el restaurante en las horas del almuerzo y de la cena, y que esa línea cambie cotidianamente a fin de multiplicar las experiencias agradables de los comensales. Existe así un calendario preciso, que acompaña la indicación de las especialidades del cocinero en jefe que se propondrán en cada quincena, y aunque el cambio diario de línea multiplica las dificultades de la administración en materia de embarco y desembarco, evita que la atención de los pasajeros comunes se concentre acaso peligrosamente en los dos períodos gastronómicos de la jornada. Nadie que no haya recibido el boletín puede saber si el restaurante recorrerá las estaciones que van de la Mairie de Montreuil a la Porte de Sèvres, o si lo hará en la línea que une el Château de Vincennes a la Porte de Neuilly; al placer que significa para la clientela visitar diversos tramos de la red del *métro* y apreciar las diferencias no siempre inexistentes entre las estaciones, se suma un importante elemento de seguridad frente a las imprevisibles reacciones que podría provocar una reiteración diaria del coche restaurante en estaciones donde se da una reiteración parecida de pasajeros.

Quienes han comido a lo largo de cualquiera de los itinerarios coinciden en afirmar que al placer de una mesa refinada se suma una agradable y a veces útil experiencia sociológica. Instalados de manera de gozar de una vista directa sobre las ventanillas que dan al andén, los clientes tienen oportunidad de presenciar en múltiples formas, densidades y ritmos, el espectáculo de un pueblo laborioso que se encamina a sus ocupaciones o que al término de la jornada se prepara a un bien merecido descanso, muchas veces durmiéndose de pie y por adelantado en los andenes. Para favorecer la espontaneidad de estas observaciones, los boletines de la administración recomiendan a la clientela no concentrar excesivamente la mirada en los andenes, pues es preferible que sólo lo hagan entre bocado y bocado o en los intervalos de sus conversaciones; es evidente que un exceso de curiosidad científica podría ocasionar alguna reacción intempestiva y desde luego injusta por parte de personas poco versadas culturalmente para comprender la envidiable latitud mental que poseen las democracias modernas. Conviene evitar particularmente un examen ocular prolongado cuando en el andén predominan grupos de obreros o estudiantes; la observación puede hacerse sin riesgos en el caso de personas que por su edad o su vestimenta muestran un mayor grado de relación posible con los comensales, e incluso llegan a saludarlos y a mostrar que su presencia en el tren es un motivo de orgullo nacional o un síntoma positivo de progreso.

En las últimas semanas, en que el conocimiento público de este nuevo servicio ha llegado a casi todos los sectores urbanos, se advierte un mayor despliegue de fuerzas policiales en las estaciones visitadas por el coche restaurante, lo cual prueba el interés de los organismos oficiales por el mantenimiento de tan interesante innovación. La policía se muestra particularmente activa en el momento del desembarco de los comensales, sobre todo si se trata de personas aisladas o de parejas; en ese caso, una vez franqueada la doble línea de orientación trazada por los empleados ferroviarios y del restaurante, un número variable de policías armados acompaña gentilmente a los clientes hasta la salida del *métro*, donde generalmente los espera su automóvil, puesto que la clientela tiene buen cuidado de organizar en detalle sus agradables excursiones gastronómicas. Estas precauciones se explican sobradamente; en tiempos en que la violencia más irresponsable e injustificada convierte en una jungla el *métro* de Nueva York y, a veces, el de París, la prudente previsión de las autoridades merece todos los elogios no sólo de los clientes del restaurante, sino de los pasajeros en general, que, sin duda, agradecerán no verse arrastrados por turbias maniobras de provocadores o de enfermos mentales, casi siempre socialistas o comunistas, cuando no anarquistas, y la lista sigue y es más larga que esperanza de pobre.

Burla burlando ya van seis delante

Más allá de los cincuenta años empezamos a morirnos poco a poco en otras muertes. Los grandes magos, los shamanes de la juventud parten sucesivamente. A veces ya no pensábamos tanto en ellos, se habían quedado atrás en la historia; *other voices, other rooms* nos reclamaban. De alguna manera estaban siempre allí pero como los cuadros que ya no se miran como al principio, los poemas que sólo perfuman vagamente la memoria.

Entonces —cada cual tendrá sus sombras queridas, sus grandes intercesores— llega el día en que el primero de ellos invade horriblemente los diarios y la radio. Tal vez tardaremos en darnos cuenta de que también nuestra muerte ha empezado ese día; yo sí lo supe la noche en que en mitad de una cena alguien aludió indiferente a una noticia de la televisión, en Milly-la-Fôret acababa de morir Jean Cocteau, un pedazo de mí también caía muerto sobre los manteles, entre las frases convencionales.

Los otros han ido siguiendo, siempre del mismo modo, la radio o los diarios, Louis Armstrong, Pablo Picasso, Stravinsky, Duke Ellington, y anoche, mientras yo tosía en un hospital de La Habana, anoche en una voz de amigo que me traía hasta la cama el rumor del mundo de afuera, Charles Chaplin. Saldré de este hospital. Saldré curado, eso es seguro, pero por sexta vez un poco menos vivo.

Diálogo de ruptura

Para leer a dos voces,
imposiblemente por supuesto.

—No es tanto que ya no sepamos
—Sí, sobre todo eso, no encontrar
—Pero acaso lo hemos buscado desde el día en que
—Tal vez no, y sin embargo cada mañana que
—Puro engaño, llega el momento en que uno se mira como
—Quién sabe, yo todavía
—No basta con quererlo, si además no hay la prueba de
—Ves, de nada vale esa seguridad que
—Cierto, ahora cada uno exige una evidencia frente a
—Como si besarse fuera firmar un descargo, como si mirarse
—Debajo de la ropa ya no espera esa piel que
—No es lo peor, pienso a veces; hay lo otro, las palabras cuando
—O el silencio, que entonces valía como
—Sabíamos abrir la ventana apenas
—Y esa manera de dar vuelta la almohada buscando
—Como un lenguaje de perfumes húmedos que
—Gritabas y gritabas mientras yo
—Caíamos en una misma enceguecida avalancha hasta
—Yo esperaba escuchar eso que siempre

—Y jugar a dormirse entre nudos de sábanas y a veces

—Si habremos insultado entre caricias el despertador que

—Pero era dulce levantarse y competir por la

—Y el primero, empapado, dueño de la toalla seca

—El café y las tostadas, la lista de las compras, y eso

—Todo sigue lo mismo, se diría que

—Exactamente igual, sólo que en vez

—Como querer contar un sueño que después de

—Pasar el lápiz sobre una silueta, repetir de memoria algo tan

—Sabiendo al mismo tiempo cómo

—Oh sí, pero esperando casi un encuentro con

—Un poco más de mermelada y de

—Gracias, no tengo

Cazador de crepúsculos

Si yo fuera cineasta me dedicaría a cazar crepúsculos. Todo lo tengo estudiado menos el capital necesario para el safari, porque un crepúsculo no se deja cazar así nomás, quiero decir que a veces empieza poquita cosa y justo cuando se lo abandona le salen todas las plumas, o inversamente es un despilfarro cromático y de golpe se nos queda como un loro enjabonado, y en los dos casos se supone una cámara con buena película de color, gastos de viaje y pernoctaciones previas, vigilancia del cielo y elección del horizonte más propicio, cosas nada baratas. De todas maneras creo que si fuera cineasta me las arreglaría para cazar crepúsculos, en realidad un solo crepúsculo, pero para llegar al crepúsculo definitivo tendría que filmar cuarenta o cincuenta porque si fuera cineasta tendría las mismas exigencias que con la palabra, las mujeres o la geopolítica.

No es así y me consuelo imaginando el crepúsculo ya cazado, durmiendo en su larguísima espiral enlatada. Mi plan: no solamente la caza sino la restitución del crepúsculo a mis semejantes que poco saben de ellos, quiero decir la gente de la ciudad que ve ponerse el sol, si lo ve, detrás del edificio de correos, de los departamentos de enfrente o en un subhorizonte de antenas de televisión y faroles de alumbrado. La película sería muda, o con una banda sonora que registrara solamente los sonidos contemporáneos del crepúsculo filmado, probablemente algún ladrido de perro o zumbidos de moscardones, con suerte una campanita de oveja o un golpe de ola si el crepúsculo fuera marino.

Por experiencia y reloj pulsera sé que un buen crepúsculo no va más allá de veinte minutos entre el clímax y el anticlímax, dos cosas que eliminaría para dejar tan sólo su lento juego interno, su calidoscopio de imperceptibles mutaciones; se tendría una película de esas que llaman documentales y que se pasan antes de Brigitte Bardot mientras la gente se va acomodando y mira la pantalla como si todavía estuviera en el ómnibus o en el subte. Mi película tendría una leyenda impresa (acaso una voz off) dentro de estas líneas: «Lo que va a verse es el crepúsculo del 7 de junio de 1976, filmado en X con película M y con cámara fija, sin interrupción durante Z minutos. El público queda informado de que fuera del crepúsculo no sucede absolutamente nada, por lo cual se le aconseja proceder como si estuviera en su casa y hacer lo que se le dé la santa gana; por ejemplo, mirar el crepúsculo, darle la espalda, hablar con los demás, pasearse, etcétera. Lamentamos no poder sugerirle que fume, cosa siempre tan hermosa a la hora del crepúsculo, pero las condiciones medievales de las salas cinematográficas requieren como se sabe la prohibición de este excelente hábito. En cambio no está vedado tomarse un buen trago del frasquito de bolsillo que el distribuidor de la película vende en el foyer».

Imposible predecir el destino de mi película; la gente va al cine para olvidarse de sí misma, y un crepúsculo tiende precisamente a lo contrario, es la hora en que acaso nos vemos un poco más al desnudo, a mí en todo caso me pasa, y es penoso y útil; tal vez que otros también aprovechen, nunca se sabe.

Maneras de estar preso

Ha sido cosa de empezar y ya. Primera línea que leo de este texto y me rompo la cara contra todo porque no puedo aceptar que Gago esté enamorado de Lil; de hecho sólo lo he sabido varias líneas más adelante pero aquí el tiempo es otro, vos por ejemplo que empezás a leer esta página te enterás de que yo no estoy de acuerdo y conocés así por adelantado que Gago se ha enamorado de Lil, pero las cosas no son así: vos no estabas todavía aquí (y el texto tampoco) cuando Gago era ya mi amante; tampoco yo estoy aquí puesto que eso no es el tema del texto por ahora y yo no tengo nada que ver con lo que ocurrirá cuando Gago vaya al cine Libertad para ver una película de Bergman y entre dos flashes de publicidad barata descubra las piernas de Lil junto a las suyas y exactamente como lo describe Stendhal empiece una fulgurante cristalización (Stendhal piensa que es progresiva pero Gago). En otros términos rechazo este texto donde alguien escribe que yo rechazo este texto; me siento atrapado, vejado, traicionado porque ni siquiera soy yo quien lo dice sino que alguien me manipula y me regula y me coagula, yo diría que me toma el pelo como de yapa, bien claro está escrito: yo diría que me toma el pelo como de yapa.

También te lo toma a vos (que empezás a leer esta página, así está escrito más arriba) y por si fuera poco a Lil, que ignora no sólo que Gago es mi amante sino que Gago no entiende nada de mujeres aunque en el cine Libertad etcétera. Cómo voy a aceptar que a la salida ya estén hablando de Bergman y de Liv Ullmann (los dos han leído las memorias de Liv y claro, tema para whisky y gran fraternización estético-libidinosa, el drama de la actriz madre que quiere ser madre sin dejar de ser actriz con atrás Bergman la más de las veces gran hijo de puta en el plano paternal y marital): todo eso alcanza hasta las ocho y cuarto cuando Lil dice me voy a casa, mamá está un poco enferma, Gago yo la llevo, tengo el coche estacionado en plaza Lavalle y Lil de acuerdo, usted me hizo beber demasiado, Gago permítame, Lil pero sí, la firmeza tibia del antebrazo desnudo (dice así, dos adjetivos, dos sustantivos tal cual) y yo tengo que aceptar que suban al Ford que entre otras cualidades tiene la de ser mío, que Gago lleve a Lil hasta San Isidro gastándome la nafta con lo que cuesta, que Lil le presente a la madre artrítica pero erudita en Francis Bacon, de nuevo whisky y me da pena que ahora tenga que hacer todo ese camino de vuelta hasta el centro, Lil, pensaré en usted y el viaje será corto, Gago, aquí le anoto el teléfono, Lil, oh gracias, Gago.

De sobra se ve que de ninguna manera puedo estar de acuerdo con cosas que pretenden modificar la realidad profunda; persisto en creer que Gago no fue al cine ni conoció a Lil aunque el texto procure convencerme y por lo tanto desesperarme. ¿Tengo que aceptar un texto porque simplemente dice que tengo que aceptar un texto? Puedo en cambio inclinarme ante lo que una parte de mí mismo considera de una pérfida ambigüedad (porque a lo mejor sí; a lo mejor el cine), pero por lo menos las frases siguientes llevan a Gago al centro donde deja el auto mal estacionado como siempre, sube a mi departamento sabiendo que lo espero al final de este párrafo ya demasiado largo como toda espera de Gago, y después de bañarse y ponerse la bata naranja que le regalé para su cumpleaños viene a recostarse en el diván donde estoy leyendo con alivio y amor que Gago viene a recostarse en el diván donde estoy leyendo con alivio y amor, perfumado e insidioso es el Chivas Regal y el tabaco rubio de la medianoche, su pelo rizado donde hundo suavemente la mano para suscitar ese primer quejido soñoliento, sin Lil ni Bergman (qué delicia leerlo exactamente así, sin Lil ni Bergman) hasta ese momento en que muy despacio empezaré a aflojar el cinturón de la bata naranja, mi mano bajará por el pecho liso y tibio de Gago, andará en la espesura de su vientre buscando el primer espasmo, enlazados ya derivaremos hacia el dormitorio y caeremos juntos en la cama, buscaré su garganta donde tan dulcemente me gusta mordisquearlo y él murmurará un momento, murmurará esperá un momento que tengo que telefonear. A Lil of course, llegué muy bien, gracias, silencio, entonces nos vemos mañana a las once, silencio, a las once y media de acuerdo, silencio, claro a almorzar tontita, silencio, dije tontita, silencio, por qué de usted, silencio, no sé pero es como si nos conociéramos hace mucho, silencio, sos un tesoro, silencio, y yo que me pongo de nuevo la bata y vuelvo al living y al Chivas Regal, por lo menos me queda eso, el texto dice que por lo menos me queda eso, que me pongo de nuevo la bata y vuelvo al living y al Chivas Regal mientras Gago le sigue telefoneando a Lil, inútil releerlo para estar seguro, lo dice así, que me vuelvo al living y al Chivas Regal mientras Gago le sigue telefoneando a Lil.

La dirección de la mirada

A John Barth

En vagamente Ilión, acaso en campiñas toscanas al término de güelfos y gibelinos y por qué no en tierras de daneses o en esa región de Brabante mojada por tantas sangres: escenario móvil como la luz que corre sobre la batalla entre dos nubes negras, desnudando y cubriendo regimientos y retaguardias, encuentros cara a cara con puñales o alabardas, visión anamórfica sólo dada al que acepte el delirio y busque en el perfil de la jornada su ángulo más agudo, su coágulo entre humos y desbandes y oriflamas.

Una batalla, entonces, el derroche usual que rebasa sentidos y venideras crónicas. ¿Cuántos vieron al héroe en su hora más alta, rodeado de enemigos carmesíes? Máquina eficaz del aedo o del bardo: lentamente, elegir y narrar. También el que escucha o el que lee: sólo intentando la desmultiplicación del vértigo. Entonces acaso sí, como el que desgaja de la multitud ese rostro que cifrará su vida, la opción de Charlotte Corday ante el cuerpo desnudo de Marat, un pecho, un vientre, una garganta. Así ahora desde hogueras y contraórdenes, en el torbellino de gonfalones huyentes o de infantes aqueos concentrando el avance contra el fondo obsesionante de las murallas aún invictas:

el ojo ruleta clavando la bola en la cifra que hundirá treinta y cinco esperanzas en la nada para exaltar una sola suerte roja o negra.

Inscrito en un escenario instantáneo, el héroe en cámara lenta retira la espada de un cuerpo todavía sostenido por el aire, mirándolo desdeñoso en su descenso ensangrentado. Cubriéndose frente a los que lo embisten, el escudo les tira a la cara una metralla de luz donde la vibración de la mano hace temblar las imágenes del bronce. Lo atacarán, es seguro, pero no podrán dejar de ver lo que él les muestra en un desafío último. Deslumbrados (el escudo, espejo ustorio, los abrasa en una hoguera de imágenes exasperadas por el reflejo del crepúsculo y los incendios), apenas si alcanzan a separar los relieves del bronce y los efímeros fantasmas de la batalla.

En la masa dorada buscó representarse el propio herrero en su fragua, batiendo el metal y complaciéndose en el juego concéntrico de forjar un escudo que alza su combado párpado para mostrar entre tantas figuras (lo está mostrando ahora a quienes mueren o matan en la absurda contradicción de la batalla) el cuerpo desnudo del héroe en un claro de selva, abrazado a una mujer que le hunde la mano en el pelo como quien acaricia o rechaza. Yuxtapuestos los cuerpos en la brega que la escena envuelve con una lenta respiración de frondas (un ciervo entre dos árboles, un pájaro temblando sobre las cabezas), las líneas de fuerza parecerían concentrarse en el espejo que guarda la otra mano de la mujer y en el que sus ojos, acaso no queriendo ver a quien así la desflora entre fresnos y helechos, van a buscar desesperados la imagen que un ligero movimiento orienta y precisa.

Arrodillado junto a un manantial, el adolescente se ha quitado el casco y sus rizos sombríos le caen sobre los hombros. Ya ha bebido y tiene los labios húmedos, gotas de un bozo de agua; la lanza yace al lado, descansando de una larga marcha. Nuevo Narciso, el adolescente se mira en la temblorosa claridad a sus pies pero se diría que sólo alcanza a ver su memoria enamorada, la inalcanzable imagen de una mujer perdida en remota contemplación.

Es otra vez ella, no ya su cuerpo de leche entrelazado con el que la abre y la penetra, sino grácilmente expuesto a la luz de un ventanal de anochecer, vuelto casi de perfil hacia una pintura de caballete que el último sol lame con naranja y ámbar. Se diría que sus ojos sólo alcanzan a ver el primer plano de esa pintura en la que el artista se representó a sí mismo, secreto y desapegado. Ni él ni ella miran hacia el fondo del paisaje donde junto a una fuente se entrevén cuerpos tendidos, el héroe muerto en la batalla bajo el escudo que su mano empuña en un último reto, y el adolescente que una flecha en el espacio parece designar multiplicando al infinito la perspectiva que se resuelve en lo lejano por una confusión de hombres en retirada y de estandartes rotos.

El escudo ya no refleja el sol; su lámina apagada, que no se diría de bronce, contiene la imagen del herrero que termina la descripción de una batalla, parece signarla en su punto más intenso con la figura del héroe rodeado de enemigos, pasando la espada por el pecho del más próximo y alzando para defenderse su escudo ensangrentado en el que poco se alcanza a ver entre el fuego y la cólera y el vértigo, a menos que esa imagen desnuda sea la de la mujer, que su cuerpo sea el que se rinde sin esfuerzo a la lenta caricia del adolescente que ha posado su lanza al borde de un manantial.

III

«No, no. No crime», said Sherlock Holmes, laughing. «Only one of those whimsical little incidents which will happen when you have four million human beings all jostling each other within the space of a few square miles.»

SIR ARTHUR CONAN DOYLE,
The Blue Carbuncle.

Lucas, sus errantes canciones

De niño la había escuchado en un crepitante disco cuya sufrida baquelita ya no aguantaba el peso de los pick-ups con diafragma de mica y tremenda púa de acero, la voz de Sir Harry Lauder venía como desde muy lejos y era así, había entrado en el disco desde las brumas de Escocia y ahora salía al verano enceguecedor de la pampa argentina. La canción era mecánica y rutinaria, una madre despedía a su hijo que se marchaba lejos y Sir Harry era una madre poco sentimental aunque su voz metálica (casi todas lo eran después del proceso de grabación) destilaba sin embargo una melancolía que ya entonces el niño Lucas empezaba a frecuentar demasiado.

Veinte años después la radio le trajo un pedazo de la canción en la voz de la gran Ethel Waters. La dura, irresistible mano del pasado lo empujó a la calle, lo metió en la Casa Iriberri, y esa noche escuchó el disco y creo que lloró por muchas cosas, solo en su cuarto y borracho de autocompasión y de grapa catamarqueña que es conocidamente lacrimógena. Lloró sin saber demasiado por qué lloraba, qué oscuro llamado lo requería desde esa balada que ahora, ahora sí, cobraba todo su sentido, su cursi hermosura. En la misma voz de quien había tomado por asalto a

Buenos Aires con su versión de *Stormy Wheather* la vieja canción volvía a un probable origen sureño, rescatada de la trivialidad *music-hall* con que la había cantado Sir Harry. Vaya a saber al final si esa balada era de Escocia o del Mississippi, ahora en todo caso se llenaba de negritud desde las primeras palabras:

So you're going to leave the old home, Jim,
To-day you're going away,
You're going among the city folks to dwell—

Ethel Waters despedía a su hijo con una premonitoria visión de desgracia, sólo rescatable por un regreso a la Peer Gynt, rotas las alas y todo orgullo bebido. El oráculo buscaba agazaparse detrás de algunos *if* que nada tenían que ver con los de Kipling, unos *if* llenos de convicto cumplimiento:

If sickness overtakes you,
If old companion shakes you,
And through this world you wander all alone,
If friends you've got not any,
In your pockets not a penny—

If todo eso, siempre le quedaba a Jim la llave de la última puerta:

There's a mother always waiting
For you at home, old sweet home.

Claro, doctor Freud, la araña y todo eso. Pero la música es una tierra de nadie donde poco importa que Turandot sea frígida o Siegfried ario puro, los complejos y los mitos se resuelven en melodía y qué, sólo cuenta una voz murmurando las palabras de la tribu, la recurrencia de lo que somos, de lo que vamos a ser:

And if you get in trouble, Jim,
Just write and let me know—

Tan fácil, tan bello, tan Ethel Waters. *Just write*, claro. El problema es el sobre. Qué nombre, qué casa hay que poner en el sobre, Jim.

Lucas, sus pudores

En los departamentos de ahora ya se sabe, el invitado va al baño y los otros siguen hablando de Biafra y de Michel Foucault, pero hay algo en el aire como si todo el mundo quisiera olvidarse de que tiene oídos y al mismo tiempo las orejas se orientaran hacia el lugar sagrado que naturalmente en nuestra sociedad encogida está apenas a tres metros del lugar donde se desarrollan estas conversaciones de alto nivel, y es seguro que a pesar de los esfuerzos que hará el invitado ausente para no manifestar sus actividades, y los de los contertulios para activar el volumen del diálogo, en algún momento reverberará uno de esos sordos ruidos que oír se dejan en las circunstancias menos indicadas, o en el mejor de los casos el rasguido patético de un papel higiénico de calidad ordinaria cuando se arranca una hoja del rollo rosa o verde.

Si el invitado que va al baño es Lucas, su horror sólo puede compararse a la intensidad del cólico que lo ha obligado a encerrarse en el ominoso reducto. En ese horror no hay neurosis ni complejos, sino la certidumbre de un comportamiento intestinal recurrente, es decir que todo empezará lo más bien, suave y silencioso, pero ya hacia el final, guardando la misma relación de la pólvora con los perdigones en un cartucho de caza, una detonación más bien horrenda hará temblar los cepillos de dientes en sus soportes y agitarse la cortina de plástico de la ducha.

Nada puede hacer Lucas para evitarlo; ha probado todos los métodos, tales como inclinarse hasta tocar el suelo con la cabeza, echarse hacia atrás al punto que los pies rozan la pared de enfrente, ponerse de costado e incluso, recurso supremo, agarrarse las nalgas y separarlas lo más posible para aumentar el diámetro del conducto proceloso. Vana es la multiplicación de silenciadores tales como echarse sobre los muslos todas las toallas al alcance y hasta las salidas de baño de los dueños de casa; prácticamente siempre, al término de lo que hubiera podido ser una agradable transferencia, el pedo final prorrumpe tumultuoso.

Cuando le toca a otro ir al baño, Lucas tiembla por él pues está seguro que de un segundo a otro resonará el primer halalí de la ignominia; lo asombra un poco que la gente no parezca preocuparse demasiado por cosas así, aunque es evidente que no están desatentas a lo que ocurre e incluso lo cubren con choque de cucharitas en las tazas y corrimiento de sillones totalmente inmotivados. Cuando no sucede nada, Lucas es feliz y pide de inmediato otro coñac, al punto que termina por traicionarse y todo el mundo se da cuenta de que había estado tenso y angustiado mientras la señora de Broggi cumplimentaba sus urgencias. Cuán distinto, piensa Lucas, de la simplicidad de los niños que se acercan a la mejor reunión y anuncian: Mamá, quiero caca. Qué bienaventurado, piensa a continuación Lucas, el poeta anónimo que compuso aquella cuarteta donde se proclama que no hay placer más exquisito /

que cagar bien despacito / ni placer más delicado / que después de haber cagado. Para remontarse a tales alturas ese señor debía estar exento de todo peligro de ventosidad intempestiva o tempestuosa, a menos que el baño de la casa estuviera en el piso de arriba o fuera esa piecita de chapas de zinc separada del rancho por una buena distancia.

Ya instalado en el terreno poético, Lucas se acuerda del verso del Dante en el que los condenados *avevan dal cul fatto trombetta*, y con esta remisión mental a la más alta cultura se considera un tanto disculpado de meditaciones que poco tienen que ver con lo que está diciendo el doctor Berenstein a propósito de la ley de alquileres.

Lucas, sus estudios sobre la sociedad de consumo

Como el progreso no-conoce-límites, en España se venden paquetes que contienen treinta y dos cajas de fósforos (léase cerillas), cada una de las cuales reproduce vistosamente una pieza de un juego completo de ajedrez.

Velozmente un señor astuto ha lanzado a la venta un juego de ajedrez cuyas treinta y dos piezas pueden servir como tazas de café; casi de inmediato el Bazar Dos Mundos ha producido tazas de café que permiten a las señoras más bien blandengues una gran variedad de corpiños lo suficientemente rígidos, tras de lo cual Yves St. Laurent acaba de suscitar un corpiño que permite servir dos huevos pasados por agua de una manera sumamente sugestiva.

Lástima que hasta ahora nadie ha encontrado una aplicación diferente a los huevos pasados por agua, cosa que desalienta a los que los comen entre grandes suspiros; así se cortan ciertas cadenas de la felicidad que se quedan solamente en cadenas y bien caras dicho sea de paso.

Lucas, sus amigos

La mersa es grande y variada, pero vaya a saber por qué ahora se le ocurre pensar especialmente en los Cedrón, y pensar en los Cedrón significa una tal cantidad de cosas que no sabe por dónde empezar. La única ventaja para Lucas es que no conoce a todos los Cedrón sino solamente a tres, pero andá a saber si al final es una ventaja. Tiene entendido que los hermanos se cifran en la modesta suma de seis o nueve, en todo caso él conoce a tres y agarrate Catalina que vamos a galopar.

Estos tres Cedrón consisten en el músico Tata (que en la partida de nacimiento se llama Juan, y de paso qué absurdo que estos documentos se llamen partida cuando son todo lo contrario), Jorge el cineasta y Alberto el pintor. Tratarlos por separado ya es cosa seria, pero cuando les da por juntarse y te invitan a comer empanadas entonces son propiamente la muerte en tres tomos.

Qué te cuento de la llegada, desde la calle se oye una especie de fragor en uno de los pisos altos, y si te cruzás con alguno de los vecinos parisienses les ves en la cara esa palidez cadavérica de quienes asisten a un fenómeno que sobrepasa todos los parámetros de esa gente estricta y amortiguada. Ninguna necesidad de averiguar en qué piso están los Cedrón porque el ruido te guía por las escaleras hasta una de las puertas que parece menos puerta que las otras y además da la impresión de estar calentada al rojo por lo que pasa adentro, al punto que no conviene llamar muy seguido porque se te carbonizan los nudillos. Claro que en general la puerta está entornada ya que los Cedrón entran y salen todo el tiempo y además para qué se va a cerrar una puerta cuando permite una ventilación tan buena con la escalera.

Lo que pasa al entrar vuelve imposible toda descripción coherente, porque apenas se franquea el umbral hay una nena que te sujeta por las rodillas y te llena la gabardina de saliva, y al mismo tiempo un pibe que estaba subido a la biblioteca del zaguán se te tira al pescuezo como un kamikaze, de modo que si tuviste la peregrina idea de allegarte con una botella de tintacho, el instantáneo resultado es un vistoso charco en la alfombra. Esto naturalmente no preocupa a nadie, porque en ese mismo momento aparecen desde diferentes habitaciones las mujeres de los Cedrón, y mientras una de ellas te desenreda los nenes de encima las otras absorben el malogrado borgoña con unos trapos que datan probablemente del tiempo de las cruzadas. Ya a todo esto Jorge te ha contado en detalle dos o tres novelas que tiene la intención de llevar a la pantalla, Alberto contiene a otros dos chicos armados de arco y flechas y lo que es peor dotados de singular puntería, y el Tata viene de la cocina con un delantal que conoció el blanco en sus orígenes y que lo envuelve majestuosamente de los sobacos para abajo, dándole una sorprendente semejanza con Marco Antonio o cualquiera de los tipos que vegetan en el Louvre o trabajan de estatuas en los parques.

La gran noticia proclamada simultáneamente por diez o doce voces es que hay empanadas, en cuya confección intervienen la mujer del Tata y el Tata himself, pero cuya receta ha sido considerablemente mejorada por Alberto, quien opina que dejarlos al Tata y a su mujer solos en la cocina sólo puede conducir a la peor de las catástrofes. En cuanto a Jorge, que no por nada rehúsa quedarse atrás en lo que venga, ya ha producido generosas cantidades de vino y todo el mundo, una vez resueltos estos preliminares tumultuosos, se instala en la cama, en el suelo o donde no haya un nene llorando o haciendo pis que viene a ser lo mismo desde alturas diferentes.

Una noche con los Cedrón y sus abnegadas señoras (pongo lo de abnegadas porque si yo fuera mujer, y además mujer de uno de los Cedrón, hace rato que el cuchillo del pan habría puesto voluntario remate a mis sufrimientos; pero ellas no solamente no sufren sino que son todavía peores que los Cedrón, cosa que me regocija porque es bueno que alguien les remache el clavo de cuando en cuando, y ellas creo que se lo remachan todo el tiempo), una noche con los Cedrón es una especie de resumen sudamericano que explica y justifica la estupefacta admiración con que los europeos asisten a su música, a su literatura, a su pintura y a su cine o teatro. Ahora que pienso en esto me acuerdo de algo que me contaron los Quilapayún, que son unos cronopios tan enloquecidos como los Cedrón pero todos músicos, lo que no se sabe si es mejor o peor. Durante una gira por Alemania (la del Este pero creo que da igual a los efectos del caso), los Quilas decidieron hacer un asado al aire libre y a la chilena, pero para sorpresa general descubrieron que en ese país no se puede armar un picnic en el bosque sin permiso de las autoridades. El permiso no fue difícil, hay que reconocerlo, y tan en serio se lo tomaron en la policía que a la hora de encender la fogata y disponer los animalitos en sus respectivos asadores, apareció un camión del cuerpo de bomberos, el cual cuerpo se diseminó en las adyacencias del bosque y se pasó cinco horas cuidando de que el fuego no fuera a propagarse a los venerables abetos wagnerianos y otros vegetales que abundan en los bosques teutónicos. Si mi memoria es fiel, varios de esos bomberos terminaron morfando como corresponde al prestigio del gremio, y ese día hubo una confraternización poco frecuente entre uniformados y civiles. Es cierto que el uniforme de los bomberos es el menos hijo de puta de todos los uniformes, y que el día en que con ayuda de millones de Quilapayún y de Cedrones mandemos a la basura todos los uniformes sudamericanos, sólo se salvarán los de los bomberos e incluso les inventaremos modelos más vistosos para que los muchachos estén contentos mientras sofocan incendios o salvan a pobres chicas ultrajadas que han decidido tirarse al río por falta de mejor cosa.

A todo esto las empanadas disminuyen con una velocidad digna de quienes se miran con odio feroz porque éste siete y el otro solamente cinco y en una de ésas se acaba el ir y venir de fuentes y algún desgraciado propone un café como si eso fuera un alimento. Los que parecen siempre menos interesados son los nenes, cuyo número seguirá siendo un enigma para Lucas pues apenas uno desaparece detrás de una cama o en el pasillo, otros dos irrumpen de un armario o resbalan por el tronco de un gomero hasta caer sentados en plena fuente de empanadas. Estos infantes fingen cierto desprecio por tan noble producto argentino, so pretexto de que sus respectivas madres ya los han nutrido precavidamente media hora antes, pero a juzgar por la forma en que desaparecen las empanadas hay que convencerse de que son un elemento importante en el metabolismo infantil, y que si Herodes estuviera ahí esa noche otro gallo nos cantara y Lucas en vez de doce empanadas hubiera podido comerse diecisiete, eso sí con los intervalos necesarios para mandarse a bodega un par de litros de vino que como se sabe asienta la proteína.

Por encima, por debajo y entre las empanadas cunde un clamor de declaraciones, preguntas, protestas, carcajadas y muestras generales de alegría y cariño, que crean una atmósfera frente a la cual un consejo de guerra de los tehuelches o de los mapuches parecería el velorio de un profesor de derecho de la avenida Quintana. De cuando en cuando se oyen golpes en el techo, en el piso y en las dos paredes medianeras, y casi siempre es el Tata (locatario del departamento) quien informa que se trata solamente de los vecinos, razón por la cual no hay que preocuparse en absoluto. Que ya sea la una de la mañana no constituye un índice agravante ni mucho menos, como tampoco que a las dos y media bajemos de a cuatro la escalera cantando *que te abrás en las paradas / con cafishos milongueros.* Ya ha habido tiempo suficiente para resolver la mayoría de los problemas del planeta, nos hemos puesto de acuerdo para jorobar a más de cuatro que se lo merecen y cómo, las libretitas se han llenado de teléfonos y direcciones y citas en cafés y otros departamentos, y mañana los Cedrón se van a dispersar porque Alberto se vuelve a Roma, el Tata sale con su cuarteto para cantar en Poitiers, y Jorge raja vaya a saber adónde pero siempre con el fotómetro en la mano y andá atajalo. No es inútil agregar que Lucas regresa a su casa con la sensación de que arriba de los hombros tiene una especie de zapallo lleno de moscardones, Boeing 707 y varios solos superpuestos de Max Roach. Pero qué le importa la resaca si abajo hay algo calentito que deben ser las empanadas, y entre abajo y arriba hay otra cosa todavía más calentita, un corazón que repite qué jodidos, qué jodidos, qué grandes jodidos, qué irreemplazables jodidos, puta que los parió.

Lucas, sus lustradas 1940

Lucas en el salón de lustrar cerca de Plaza de Mayo, me pone pomada negra en el izquierdo y amarilla en el derecho. ¿Lo qué? Negra aquí y amarilla aquí. Pero señor. Aquí ponés la negra, pibe, y basta que tengo que concentrarme en hípicas.

Cosas así no son nunca fáciles, parece poco pero es casi como Copérnico o Galileo, esas sacudidas a fondo de la higuera que dejan a todo el mundo mirando paltecho. Esta vez por ejemplo hay el vivo de turno que desde el fondo del salón le dice al de al lado que los maricones ya no saben qué inventar, che, entonces Lucas se extrae de la posible fija en la cuarta (jockey Paladino) y casi dulcemente lo consulta al lustrador: ¿La patada en el culo te parece que se la encajo con el amarillo o con el negro?

El lustrador ya no sabe a qué zapato encomendarse, ha terminado con el negro y no se decide, realmente no se decide a empezar con el otro. Amarillo, reflexiona Lucas en voz alta, y eso al mismo tiempo es una orden, mejor con el amarillo que es un color dinámico y entrador, y vos qué estás esperando. Sí señor enseguida. El del fondo ha empezado a levantarse para venir a investigar eso de la patada, pero el diputado Poliyatti, que no por nada es presidente del club *Unione e Benevolenza*, hace oír su fogueada elocución, señores no hagan ola que ya bastante tenemos con las isobaras, es increíble lo que uno suda en esta urbe, el incidente es nimio y sobre gustos no hay nada escrito, aparte de que tengan en cuenta que la seccional está ahí enfrente y los canas andan hiperestésicos esta semana después de la última estudiantina o juvenilia como decimos los que ya hemos dejado atrás las borrascas de la primera etapa de la existencia. Eso, doctor, aprueba uno de los olfas del diputado, aquí no se permiten las vías de hecho. Él me insultó, dice el del fondo, yo me refería a los putos en general. Peor todavía, dice Lucas, de todas maneras yo voy a estar ahí en la esquina el próximo cuarto de hora. Qué gracia, dice el del fondo, justo delante de la comi. Por supuesto, dice Lucas, a ver si encima de puto me vas a tomar por gil. Señores, proclama el diputado Poliyatti, este episodio ya pertenece a la historia, no hay lugar a duelo, por favor no me obliguen a valerme de mis fueros y esas cosas. Eso, doctor, dice el olfa.

Con lo cual Lucas sale a la calle y los zapatos le brillan cual girasol a la derecha y Oscar Peterson a la izquierda. Nadie viene a buscarlo cumplido el cuarto de hora, cosa que le produce un no despreciable alivio que festeja en el acto con una cerveza y un cigarrillo morocho, cosa de mantener la simetría cromática.

Lucas, sus regalos de cumpleaños

Sería demasiado fácil comprar la torta en la confitería «Los dos Chinos»; hasta Gladis se daría cuenta, a pesar de que es un tanto miope, y Lucas estima que bien vale la pena pasarse medio día preparando personalmente un regalo cuya destinataria merece eso y mucho más, pero por lo menos eso. Ya desde la mañana recorre el barrio comprando harina flor de trigo y azúcar de caña, luego lee atentamente la receta de la torta Cinco Estrellas, obra cumbre de doña Gertrudis, la mamá de todas las buenas mesas, y la cocina de su departamento se transforma en poco tiempo en una especie de laboratorio del doctor Mabuse. Los amigos que pasan a verlo para discutir los pronósticos hípicos no tardan en irse al sentir los primeros síntomas de asfixia, pues Lucas tamiza, cuela, revuelve y espolvorea los diversos y delicados ingredientes con una tal pasión que el aire tiende a no prestarse demasiado a sus funciones usuales.

Lucas posee experiencia en la materia y además la torta es para Gladis, lo que significa varias capas de hojaldre (no es fácil hacer un buen hojaldre) entre las cuales se van disponiendo exquisitas confituras, escamas de almendras de Venezuela, coco rallado pero no solamente rallado sino molido hasta la desintegración atómica en un mortero de obsidiana; a eso se agrega la decoración exterior, modulada en la paleta de Raúl Soldi pero con arabescos considerablemente inspirados por Jackson Pollock, salvo en la parte más austera dedicada a la inscripción SOLAMENTE PARA TI, cuyo relieve casi sobrecogedor lo proporcionan guindas y mandarinas almibaradas y que Lucas compone en Baskerville cuerpo catorce, que pone una nota casi solemne en la dedicatoria.

Llevar la torta Cinco Estrellas en una fuente o un plato le parece a Lucas de una vulgaridad digna de banquete en el Jockey Club, de manera que la instala delicadamente en una bandeja de cartón blanco cuyo tamaño sobrepasa apenas el de la torta. A la hora de la fiesta se pone su traje a rayas y transpone el zaguán repleto de invitados llevando la bandeja con la torta en la mano derecha, hazaña de por sí notable, mientras con la izquierda aparta amablemente a maravillados parientes y a más de cuatro colados que ahí nomás juran morir como héroes antes de renunciar a la degustación del espléndido regalo. Por esa razón a espaldas de Lucas se organiza enseguida una especie de cortejo en el que abundan gritos, aplausos y borborigmos de saliva propiciatoria, y la entrada de todos en el salón de recibo no dista demasiado de una versión provincial de *Aída*. Comprendiendo la gravedad del instante, los padres de Gladis juntan las manos en un gesto más bien conocido pero siempre bien visto, y la homenajeada abandona una conversación bruscamente insignificante para adelantarse con todos los dientes en primera fila y los ojos mirando al cielo raso. Feliz, colmado, sintiendo que tantas horas de trabajo culminan en algo que se aproxima a la apoteosis, Lucas arriesga el gesto final de la Gran Obra: su mano asciende en el ofertorio de la torta, la inclina peligrosamente ante la ansiedad pública y la zampa en plena cara de Gladis. Todo esto toma apenas más tiempo del que tarda Lucas en reconocer la textura del adoquinado de la calle, envuelto en tal lluvia de patadas que reíte del diluvio.

Lucas, sus métodos de trabajo

Como a veces no puede dormir, en vez de contar corderitos contesta mentalmente la correspondencia atrasada, porque su mala conciencia tiene tanto insomnio como él. Las cartas de cortesía, las apasionadas, las intelectuales, una a una las va contestando a ojos cerrados y con grandes hallazgos de estilo y vistosos desarrollos que lo complacen por su espontaneidad y eficacia, lo que naturalmente multiplica el insomnio. Cuando se duerme, toda la correspondencia ha sido puesta al día.

Por la mañana, claro, está deshecho, y para peor tiene que sentarse a escribir todas las cartas pensadas por la noche, las cuales cartas le salen mucho peor, frías o torpes o idiotas, lo que hace que esa noche tampoco podrá dormir debido al exceso de fatiga, aparte de que entre tanto le han llegado nuevas cartas de cortesía, apasionadas o intelectuales y que Lucas en vez de contar corderitos se pone a contestarlas con tal perfección y elegancia que Madame de Sevigné lo hubiera aborrecido minuciosamente.

Lucas, sus discusiones partidarias

Casi siempre empieza igual, notable acuerdo político en montones de cosas y gran confianza recíproca, pero en algún momento los militantes no literarios se dirigirán amablemente a los militantes literarios y les plantearán por archienésima vez la cuestión del mensaje, del contenido inteligible para el mayor número de lectores (o auditores o espectadores, pero sobre todo de lectores, oh sí).

En esos casos Lucas tiende a callarse, puesto que sus libritos hablan vistosamente por él, pero como a veces lo agreden más o menos fraternalmente y ya se sabe que no hay peor trompada que la de tu hermano, Lucas pone cara de purgante y se esfuerza por decir cosas como las que siguen, a saber:

—Compañeros, la cuestión jamás será planteada
por escritores que entiendan y vivan su tarea
como las máscaras de proa, adelantadas
en la carrera de la nave, recibiendo
todo el viento y la sal de las espumas. Punto.

Y no será planteada

poeta
porque ser escritor { novelista
narrador

es decir ficcionante, imaginante, delirante,
mitopoyético, oráculo o llamale equis,
quiere decir en primerísimo lugar
que el lenguaje es un medio, como siempre,
pero este medio es más que medio,
es como mínimo tres cuartos.

Abreviando dos tomos y un apéndice,
lo que ustedes le piden

poeta
al escritor { narrador
novelista

es que renuncie a adelantarse
y se instale hic et nunc (¡traduzca, López!)
para que su mensaje no rebase
las esferas semánticas, sintácticas,
cognoscitivas, paramétricas
del hombre circundante. Ejem.

Dicho en otras palabras, que se abstenga
de explorar más allá de lo explorado,
o que explore explicando lo explorado
para que toda exploración se integre
a las exploraciones terminadas.

Direles en confianza
que ojalá se pudiera
frenarse en la carrera
a la vez que se avanza. (Esto me salió flor.)

Pero hay leyes científicas que niegan
la posibilidad de tan contradictorio esfuerzo,
y hay otra cosa, simple y grave:
no se conocen límites a la imaginación
como no sean los del verbo,
lenguaje e invención son enemigos fraternales
y de esa lucha nace la literatura,
el dialéctico encuentro de musa con escriba,
lo indecible buscando su palabra,
la palabra negándose a decirlo
hasta que le torcemos el pescuezo
y el escriba y la musa se concilian
en ese raro instante que más tarde
llamaremos Vallejo o Maiakovski.

Sigue un silencio más bien cavernoso.

—Ponele —dice alguien—, pero frente a la coyuntura histórica el escritor y el artista que no sean pura Torredemarfil tienen el deber, oíme bien, el deber de proyectar su mensaje en un nivel de máxima recepción.
—Aplausos.

—Siempre he pensado —observa modestamente Lucas— que los escritores a que aludís son gran mayoría, razón por la cual me sorprende esa obstinación en transformar una gran mayoría en unanimidad. Carajo, ¿a qué le tienen tanto miedo ustedes? ¿Y a quién si no a los resentidos y a los desconfiados les pueden molestar las experiencias digamos extremas y por lo tanto difíciles (difíciles *en primer término* para el escritor, y sólo después para el público, conviene subrayarlo) cuando es obvio que sólo unos pocos las llevan adelante? ¿No será, che, que para ciertos niveles todo lo que no es inmediatamente claro es culpablemente oscuro? ¿No habrá una secreta y a veces siniestra necesidad de uniformar la escala de valores para poder sacar la cabeza por encima de la ola? Dios querido, cuánta pregunta.

—Hay una sola respuesta —dice un contertulio— y es ésta: Lo claro suele ser difícil de lograr, por lo cual lo difícil tiende a ser una estratagema para disimular lo difícil que es ser fácil. (Ovación retardada.)

—Y seguiremos años y más años —gime Lucas—
y volveremos siempre al mismo punto,
ya que éste es un asunto
lleno de desengaños. (Débil aprobación.)

Porque nadie podrá, salvo el poeta y a veces,
entrar en la palestra de la página en blanco
donde todo se juega en el misterio
de leyes ignoradas, si son leyes,
de cópulas extrañas entre ritmo y sentido,
de últimas Thules en mitad de la estrofa o del relato.
Nunca podremos defendernos
porque nada sabemos de este vago saber,
de esta fatalidad que nos conduce
a nadar por debajo de las cosas, a trepar a un adverbio
que nos abre un compás, cien nuevas islas,
bucaneros de Remington o pluma
al asalto de verbos o de oraciones simples
o recibiendo en plena cara el viento
de un sustantivo que contiene un águila.

—O sea que, para simplificar —concluye Lucas tan harto como sus compañeros—, yo propongo digamos un pacto.

—Nada de transacciones —brama el de siempre en estos casos.

—Un pacto, simplemente. Para ustedes, el *primum vivere, deinde filosofare* se vuelca a fondo en el *vivere* histórico, lo cual está muy bien y a lo mejor es la única manera de preparar el terreno para el filosofar y el ficcionar y el poetizar del futuro. Pero yo aspiro a suprimir la divergencia que nos aflige, y por eso el pacto consiste en que ustedes y nosotros abandonemos al mismo tiempo nuestras más extremadas conquistas a fin de que el contacto con el prójimo alcance su radio máximo. Si nosotros renunciamos a la creación verbal en su nivel más vertiginoso y rarefacto, ustedes renuncian a la ciencia y a la tecnología en sus formas igualmente vertiginosas y rarefactas, por ejemplo, las computadoras y los aviones a reacción. Si nos vedan el avance poético, ¿por qué van a usufructuar tan panchos el avance científico?

—Está completamente piantado —dice uno con anteojos.

—Por supuesto —concede Lucas—, pero hay que ver lo que me divierto. Vamos, acepten. Nosotros escribimos más sencillo (es un decir, porque en realidad no podremos), y ustedes suprimen la televisión (cosa que tampoco van a poder). Nosotros vamos a lo directamente comunicable, y ustedes se dejan de autos y de tractores y agarran la pala para sembrar papas. ¿Se dan cuenta de lo que sería esa doble vuelta a lo simple, a lo que todo el mundo entiende, a la comunión sin intermediarios con la naturaleza?

—Propongo defenestración inmediata previa unanimidad —dice un compañero que ha optado por retorcerse de risa.

—Voto en contra —dice Lucas, que ya está manoteando la cerveza que siempre llega a tiempo en esos casos.

Lucas, sus traumatoterapias

A Lucas una vez lo operaron de apendicitis, y como el cirujano era un roñoso se le infectó la herida y la cosa iba muy mal porque además de la supuración en radiante tecnicolor Lucas se sentía más aplastado que pasa de higo. En ese momento entran Dora y Celestino y le dicen nos vamos ahora mismo a Londres, venite a pasar una semana, no puedo, gime Lucas, resulta que, bah, yo te cambio las compresas, dice Dora, en el camino compramos agua oxigenada y curitas, total que se toman el tren y el ferry y Lucas se siente morir porque aunque la herida no le duele en absoluto dado que apenas tiene tres centímetros de ancho, lo mismo él se imagina lo que está pasando debajo del pantalón y el calzoncillo, cuando al fin llegan al hotel y se mira, resulta que no hay ni más ni menos supuración que en la clínica, y entonces Celestino dice ya ves, en cambio aquí vas a tener la pintura de Turner, Laurence Olivier y los *steak and kidney pies* que son la alegría de mi vida.

Al otro día después de haber caminado kilómetros Lucas está perfectamente curado, Dora le pone todavía dos o tres curitas por puro placer de tirarle de los pelos, y desde ese día Lucas considera que ha descubierto la traumatoterapia que como se ve consiste en hacer exactamente lo contrario de lo que mandan Esculapio, Hipócrates y el doctor Fleming.

En numerosas ocasiones Lucas que tiene buen corazón ha puesto en práctica su método con sorprendentes resultados en la familia y amistades. Por ejemplo, cuando su tía Angustias contrajo un resfrío de tamaño natural y se pasaba días y noches estornudando desde una nariz cada vez más parecida a la de un ornitorrinco, Lucas se disfrazó de Frankenstein y la esperó detrás de una puerta con una sonrisa cadavérica. Después de proferir un horripilante alarido la tía Angustias cayó desmayada sobre los almohadones que Lucas había preparado precavidamente, y cuando los parientes la sacaron del soponcio la tía estaba demasiado ocupada en contar lo sucedido como para acordarse de estornudar, aparte de que durante varias horas ella y el resto de la familia sólo pensaron en correr detrás de Lucas armados de palos y cadenas de bicicleta. Cuando el doctor Feta hizo la paz y todos se juntaron a comentar los acontecimientos y beberse una cerveza, Lucas hizo notar distraídamente que la tía estaba perfectamente curada del resfrío, a lo cual y con la falta de lógica habitual en esos casos la tía le contestó que ésa no era una razón para que su sobrino se portara como un hijo de puta.

Cosas así desaniman a Lucas, pero de cuando en cuando se aplica a sí mismo o ensaya en los demás su infalible sistema, y así cuando don Crespo anuncia que está con hígado, diagnóstico siempre acompañado de una mano sosteniéndose las entrañas y los ojos como la Santa Teresa del Bernini, Lucas se las arregla para que su madre se mande el guiso de repollo con salchichas y grasa de chancho que don Crespo ama casi más que las quinielas, y a la altura del tercer plato ya se ve que el enfermo vuelve a interesarse por la vida y sus alegres juegos, tras de lo cual Lucas lo invita a festejar con grapa catamarqueña que asienta la grasa. Cuando la familia se aviva de estas cosas hay conato de linchamiento, pero en el fondo empiezan a respetar la traumatoterapia, que ellos llaman toterapia o traumatota, les da igual.

Lucas, sus sonetos

Con la misma henchida satisfacción de una gallina, de tanto en tanto Lucas pone un soneto. Nadie se extrañe: huevo y soneto se parecen por lo riguroso, lo acabado, lo terso, lo frágilmente duro. Efímeros, incalculables, el tiempo y algo como la fatalidad los reiteran, idénticos y monótonos y perfectos.

Así, a lo muy largo de su vida Lucas ha puesto algunas docenas de sonetos, todos excelentes y algunos decididamente geniales. Aunque el rigor y lo cerrado de la forma no dejan mayor espacio para la innovación, su estro (en primera y también en segunda acepción) ha tratado de verter vino nuevo en odre viejo, apurando las aliteraciones y los ritmos, sin hablar de esa vieja maniática, la rima, a la cual le ha hecho hacer cosas tan extenuantes como aparear a Drácula con mácula. Pero hace ya tiempo que Lucas se cansó de operar internamente en el soneto y decidió enriquecerlo en su estructura misma, cosa aparentemente demencial dada la inflexibilidad quitinosa de este cangrejo de catorce patas.

Así nació el *Zipper Sonnet*, título que revela culpable indulgencia hacia las infiltraciones anglosajonas en nuestra literatura, pero que Lucas esgrimió después de considerar que el término «cierre relámpago» era penetrantemente estúpido, y que «cierre de cremallera» no mejoraba la situación. El lector habrá comprendido que este soneto puede y debe leerse como quien sube y baja un «zipper», lo que ya está bien, pero que además la lectura de abajo arriba no da precisamente lo mismo que la de arriba abajo, resultado más bien obvio como intención pero difícil como escritura.

A Lucas lo asombra un poco que cualquiera de las dos lecturas den (o en todo caso le den) una impresión de naturalidad, de por supuesto, de pero claro, de elementary my dear Watson, cuando para decir la verdad la fabricación del soneto le llevó un tiempo loco. Como causalidad y temporalidad son omnímodas en cualquier discurso apenas se quiere comunicar un significado complejo, digamos el contenido de un cuarteto, su lectura patas arriba pierde toda coherencia aunque cree imágenes o relaciones nuevas, ya que fallan los nexos sintácticos y los pasajes que la lógica del discurso exige incluso en las asociaciones más ilógicas. Para lograr puentes y pasajes fue preciso que la inspiración funcionara de manera pendular, dejando ir y venir el desarrollo del poema a razón de dos o a lo más tres versos, probándolos apenas salidos de la pluma (Lucas pone sonetos con pluma, otra semejanza con la gallina) para ver si después de haber bajado la escalera se podía subirla sin tropezones nefandos. El *hic* es que catorce peldaños son muchos peldaños, y este *Zipper Sonnet* tiene en todo caso el mérito de una perseverancia maniática, cien veces rota por palabrotas y desalientos y bollos de papel al canasto pluf.

Pero al final, hosanna, helo aquí el *Zipper Sonnet* que sólo espera del lector, aparte de la admiración, que establezca mental y respiratoriamente la puntuación, ya que si ésta figurara con sus signos no habría modo de pasar los peldaños sin tropezar feo.

ZIPPER SONNET

de arriba abajo o bien de abajo arriba
este camino lleva hacia sí mismo
simulacro de cima ante el abismo
árbol que se levanta o se derriba

quien en la alterna imagen lo conciba
será el poeta de este paroxismo
en un amanecer de cataclismo
náufrago que a la arena al fin arriba

vanamente eludiendo su reflejo
antagonista de la simetría
para llegar hasta el dorado gajo

visionario amarrándose a un espejo
obstinado hacedor de la poesía
de abajo arriba o bien de arriba abajo

¿Verdad que funciona? ¿Verdad que es —que son— bello (s)?

Preguntas de esta índole hacíase Lucas trepando y descolgándose a y de los catorce versos resbalantes y metamorfoseantes, cuando hete aquí que apenas había terminado de esponjarse satisfecho como toda gallina que ha puesto su huevo tras meritorio empujón retropropulsor, desembarcó procedente de São Paulo su amigo el poeta Haroldo de Campos, a quien toda combinatoria semántica exalta a niveles tumultuosos, razón por la cual pocos días después Lucas vio con maravillada estupefacción su soneto vertido al portugués y considerablemente mejorado como podrá verificarse a continuación:

ZIPPER SONNET

de cima abaixo ou jà de baixo acima
este caminho é o mesmo em seu tropismo
simulacro de cimo frente o abismo
árvore que ora alteia ora declina

quem na dupla figura assim o imprima
será o poeta deste paroxismo
num desanoitecer de cataclismo
náufrago que na areia ao fim reclina

iludido a eludir o seu reflexo
contraventor da própria simetria
ao ramo de ouro erguendo o alterno braço

visionário a que o espelho empresta um nexo
refator contumaz desta poesia
de baixo acima o já de cima abaixo.

«Como verás», le escribía Haroldo, «no es verdaderamente una versión: más bien una "contraversión" muy llena de licencias. Como no pude obtener una rima consonante adecuada para *acima* (arriba), cambié la convención legalista del soneto y establecí una rima asonante, reforzada por la casi homofonía de los sonidos nasales *m* y *n* (aciMA y decliNA). Para justificarme (prepararme un *alibi*) repetí el procedimiento infractor en los puntos correspondientes de la segunda estrofa (escamoteo vicioso, trastrocado por una seudosimetría también perversa)».

A esta altura de la carta Lucas empezó a decirse que sus fatigas zipperianas eran poca cosa frente a las de quien se había impuesto la tarea de rehacer lusitanamente una escalera de peldaños castellanos. Trujamán veterano, estaba en condiciones de valorar el montaje operado por Haroldo; un bello juego poético inicial se potenciaba y ahora, cosa igualmente bella, Lucas podía saborear su soneto sin la inevitable derogación que significa ser el autor y tender por lo tanto e insensatamente a la modestia y a la autocrítica. Nunca se le hubiera ocurrido publicar su soneto con notas, pero en cambio le encantó reproducir las de Haroldo, que de alguna manera parafraseaban sus propias dificultades a la hora de escribirlo.

«En los tercetos», continuaba Haroldo, «dejo firmada (confesada y atestiguada) mi *infelix culpa* dragománica (N.B.: dragomaníaca). El "antagonista" de tu soneto es ahora explícitamente un "contraventor"; el "obstinado hacedor de la poesía", un *re*-fator contumaz (sin pérdida de la connotación forense...) *desta* poesía (de este poema, del *Zipper Sonnet).* Última signatura del *échec impuni: braço* (brazo) rimando imperfectamente con *abaixo* (abajo) en los versos terminales de los dos tercetos. Hay también un adjetivo "migratorio": *alterna*, que salta del primer verso de tu segunda estrofa ("alterna imagen") para insinuarse en el último de mi terceto segundo, "alterno braço" (¿el gesto del traductor como otredad irredenta y duplicidad irrisoria?)».

En el balance final de este sutil trabajo de Aracné, agregaba Haroldo: «La métrica, la autonomía de los sintagmas, la *zip-lectura* al revés, sin embargo, quedaron a salvo sobre las ruinas del vencido (aunque no convencido) *traditraduttore;* quien así, "derridianamente", por no poder sobrepasarlas, difiere sus diferencias *(différences)...*».

También Lucas había diferido sus diferencias, porque si un soneto es de por sí una relojería que sólo excepcionalmente alcanza a dar la hora justa de la poesía, un *zipper sonnet* reclama por un lado el decurso temporal corriente y por otro la cuenta al revés, que lanzarán respectivamente una botella al mar y un cohete al espacio. Ahora, con la biopsia operada por Haroldo de Campos en su carta, podía tenerse una idea de la máquina; ahora se podía publicar el doble *zipper* argentino-brasileño sin irrumpir en la pedantería. Animado, optimista, mishkinianamente idiota como siempre, Lucas empezó a soñar con otro *zipper sonnet* cuya doble lectura fuera una contradicción recíproca y a la vez la fundación de una tercera lectura posible. A lo mejor alcanzará a escribirlo; por ahora el balance es una lluvia de bollos de papel, vasos vacíos y ceniceros llenos. Pero de cosas así se alimenta la poesía, y en una de ésas quién te dice, o le dice a un tercero que recogerá esa esperanza para una vez más colmar, calmar a Violante.

Lucas, sus sueños

A veces les sospecha una estrategia concéntrica de leopardos que se acercaran paulatinamente a un centro, a una bestia temblorosa y agazapada, la razón del sueño. Pero se despierta antes de que los leopardos hayan llegado a su presa y sólo le queda el olor a selva y a hambre y a uñas; con eso apenas, tiene que imaginar a la bestia y no es posible. Comprende que la cacería puede durar muchos otros sueños, pero se le escapa el motivo de esa sigilosa dilación, de ese acercarse sin término. ¿No tiene un propósito el sueño, y no es la bestia ese propósito? ¿A qué responde esconder repetidamente su posible nombre: sexo, madre, estatura, incesto, tartamudeo, sodomía? ¿Por qué si el sueño es para eso, para mostrarle al fin la bestia? Pero no, entonces el sueño es para que los leopardos continúen su espiral interminable y solamente le dejen un asomo de claro de selva, una forma acurrucada, un olor estancándose. Su ineficacia es un castigo, acaso un adelanto del infierno; nunca llegará a saber si la bestia despedazará a los leopardos, si alzará rugiendo las agujas de tejer de la tía que le hizo aquella extraña caricia mientras le lavaba los muslos, una tarde en la casa de campo, allá por los años veinte.

Lucas, sus hospitales (II)

Un vértigo, una brusca irrealidad. Es entonces cuando la otra, la ignorada, la disimulada realidad salta como un sapo en plena cara, digamos en plena calle (¿pero qué calle?) una mañana de agosto en Marsella. Despacio, Lucas, vamos por partes, así no se puede contar nada coherente. Claro que. *Coherente.* Bueno, de acuerdo, pero intentemos agarrar el piolín por la punta del ovillo, ocurre que a los hospitales se ingresa habitualmente como enfermo pero también se puede llegar en calidad de acompañante, es lo que te sucedió hace tres días y más precisamente en la madrugada de anteayer cuando una ambulancia trajo a Sandra y a vos con ella, vos con su mano en la tuya, vos viéndola en coma y delirando, vos con el tiempo justo de meter en un bolsón cuatro o cinco cosas todas equivocadas o inútiles, vos con lo puesto que es tan poco en agosto en Provenza, pantalón y camisa y alpargatas, vos resolviendo en una hora lo del hospital y la ambulancia y Sandra negándose y médico con inyección calmante, de golpe los amigos de tu pueblito en las colinas ayudando a los camilleros a entrar a Sandra en la ambulancia, vagos arreglos para mañana, teléfonos, buenos deseos, la doble puerta blanca cerrándose cápsula o cripta y Sandra en la camilla delirando blandamente y vos a los tumbos parado junto a ella porque la ambulancia tiene que bajar por un sendero de piedras rotas hasta alcanzar la carretera, medianoche con Sandra y dos enfermeros y una luz que es ya de hospital, tubos y frascos y olor de ambulancia perdida en plena noche en las colinas hasta llegar a la autopista, bufar como tomando empuje y largarse a toda carrera con el doble sonido de su bocina, ese mismo tantas veces escuchado desde fuera de una ambulancia y siempre con la misma contracción del estómago, el mismo rechazo.

Desde luego que conocías el itinerario pero Marsella enorme y el hospital en la periferia, dos noches sin dormir no ayudan a entender las curvas ni los accesos, la ambulancia caja blanca sin ventanillas, solamente Sandra y los enfermeros y vos casi dos horas hasta una entrada, trámites, firmas, cama, médico interno, cheque por la ambulancia, propinas, todo en una niebla casi agradable, un sopor amigo ahora que Sandra duerme y vos también vas a dormir, la enfermera te ha traído un sillón extensible, algo que de sólo verlo preludia los sueños que se tendrán en él, ni horizontales ni verticales, sueños de trayectoria oblicua, de riñones castigados, de pies colgando en el aire. Pero Sandra duerme y entonces todo va bien, Lucas fuma otro cigarrillo y sorprendentemente el sillón le parece casi cómodo y ya estamos en la mañana de anteayer, cuarto 303 con una gran ventana que da sobre lejanas sierras y demasiado cercanos parkings donde obreros de lentos movimientos se desplazan entre tubos y camiones y basuras, lo necesario para remontarle el ánimo a Sandra y a Lucas.

Todo va muy bien porque Sandra se despierta aliviada y más lúcida, le hace bromas a Lucas y vienen los internos y el profesor y las enfermeras y pasa todo lo que tiene que pasar en un hospital por la mañana, la esperanza de salir enseguida para volver a las colinas y al descanso, yogur y agua mineral, termómetro en el culito, presión arterial, más papeles para firmar en la administración y es entonces cuando Lucas, que ha bajado para firmar esos papeles y se pierde a la vuelta y no encuentra los pasillos ni el ascensor, tiene como la primera y aún débil sensación de sapo en plena cara, no dura nada porque todo está bien, Sandra no se ha movido de la cama y le pide que vaya a comprarle cigarrillos (buen síntoma) y a telefonear a los amigos para que sepan cómo todo va bien y lo prontísimo que Sandra va a volver con Lucas a las colinas y a la calma, y Lucas dice que sí mi amor, que cómo no, aunque sabe que eso de volver pronto no será nada pronto, busca el dinero que por suerte se acordó de traer, anota los teléfonos y entonces Sandra le dice que no tienen dentífrico (buen síntoma) ni toallas porque a los hospitales franceses hay que venir con su toalla y su jabón y a veces con sus cubiertos, entonces Lucas hace una lista de compras higiénicas y agrega una camisa de recambio para él y otro slip y para Sandra un camisón y unas sandalias porque a Sandra la sacaron descalza por supuesto para subirla a la ambulancia y quién va a pensar a medianoche en cosas así cuando se llevan dos días sin dormir.

Esta vez Lucas acierta a la primera tentativa el camino hasta la salida que no es tan difícil, ascensor a la planta baja, un pasaje provisional de planchas de conglomerado y piso de tierra (están modernizando el hospital y hay que seguir las flechas que marcan las galerías aunque a veces no las marcan o las marcan de dos maneras), después un larguísimo pasaje pero éste de veras, digamos el pasaje titular con infinitas salas y oficinas a cada lado, consultorios y radiología, camillas con camilleros y enfermos o solamente camilleros o solamente enfermos, un codo a la izquierda y otro pasaje con todo lo ya descrito y mucho más, una galería angosta que da a un crucero y por fin la galería final que lleva a la salida. Son las diez de la mañana y Lucas un poco sonámbulo pregunta a la señora de *Informaciones* cómo se consiguen los artículos de la lista y la señora le dice que hay que salir del hospital por la derecha o la izquierda, da lo mismo, al final se llega a los centros comerciales y claro, nada está muy cerca porque el hospital es enorme y funge en un barrio excéntrico, calificación que Lucas habría encontrado perfecta si no estuviera tan sonado, tan salido, tan todavía en el otro contexto allá en las colinas, de manera que ahí va Lucas con sus zapatillas de entrecasa y su camisa arrugada por los dedos de la noche en el sillón de supuesto reposo, se equivoca de rumbo y acaba en otro pabellón del hospital, desanda las calles interiores y al fin da con una puerta de salida, hasta ahí todo bien aunque de cuando en cuando un poco el sapo en plena cara, pero él se aferra al hilo mental que lo une a Sandra allá arriba en ese pabellón ya invisible y le hace bien pensar que Sandra está un poco mejor, que va a traerle un camisón (si encuentra) y dentífrico y sandalias. Calle abajo siguiendo el paredón del hospital que ripiosamente hace pensar en el de un cementerio, un calor que ha ahuyentado a la gente, *no hay nadie*, sólo los autos raspándolo al pasar porque la calle es estrecha, sin árboles ni sombra, la hora cenital tan alabada por el poeta y que aplasta a Lucas un poco desanimado y perdido, esperando ver por fin un supermercado o al menos dos o tres boliches, pero nada, más de medio kilómetro para al fin después de un viraje descubrir que Mammón no ha muerto, estación de servicio que ya es algo, tienda (cerrada) y más abajo el supermercado con viejas acanastadas saliendo y entrando y carritos y parkings llenos de autos. Allí Lucas divaga por las diferentes secciones, encuentra jabón y dentífrico pero le falla todo lo otro, no puede volver a Sandra sin la toalla y el camisón, le pregunta a la cajera que le aconseja tomar a la derecha después a la izquierda (no es exactamente la izquierda pero casi) y la avenida Michelet donde hay un gran supermercado con toallas y esas cosas. Todo suena como en un mal sueño porque Lucas se cae de cansado y hace un calor terrible y no es una zona de taxis y cada nueva indicación lo aleja más y más del hospital. Venceremos, se dice Lucas secándose la cara, es cierto que todo es un mal sueño, Sandra osita, pero venceremos, verás, tendrás la toalla y el camisón y las sandalias, puta que los parió.

Dos, tres veces se para a secarse la cara, ese sudor no es natural, es algo casi como miedo, un absurdo desamparo en medio (o al final) de una populosa urbe, la segunda de Francia, es algo como un sapo cayéndole de golpe entre los ojos, ya no sabe realmente dónde está (está en Marsella pero dónde, y ese *dónde* no es tampoco el lugar donde está), todo se da como ridículo y absurdo y mediodía el justo, entonces una señora le dice ah el supermercado, siga por ahí, después da vuelta a la derecha y llega al bulevar, enfrente está Le Corbusier y enseguida el supermercado, claro que sí, camisones eso seguro, el mío por ejemplo, de nada, acuérdese primero por ahí y después da vuelta.

A Lucas le arden las zapatillas, el pantalón es un mero grumo sin hablar del slip que parece haberse vuelto subcutáneo, primero por ahí y después da vuelta y de golpe la *Cité Radieuse*, de golpe y contragolpe está delante de un bulevar arbolado y ahí enfrente el célebre edificio de Le Corbusier que veinte años atrás visitó entre dos etapas de un viaje por el sur, solamente que entonces a espaldas del edificio radiante no había ningún supermercado y a espaldas de Lucas no había veinte años más. Nada de eso importa realmente porque el edificio radiante está tan estropeado y poco radiante como la primera vez que lo vio. No es lo que importa ahora que está pasando bajo el vientre del inmenso animal de cemento armado para acercarse a los camisones y a las toallas. No es eso pero de todos modos ocurre ahí, justamente en el único lugar que Lucas conoce dentro de esa periferia marsellesa a la que ha llegado sin saber cómo, especie de paracaidista lanzado a las dos de la mañana en un territorio ignoto, en un hospital laberinto, en un avanzar y avanzar a lo largo de instrucciones y de calles vacías de hombres, solo peatón entre automóviles como bólidos indiferentes, y ahí bajo el vientre y las patas de concreto de lo único que conoce y reconoce en lo desconocido, es ahí que el sapo le cae de veras en plena cara, un vértigo, una brusca irrealidad, y es entonces que la otra, la ignorada, la disimulada realidad se abre por un segundo como un tajo en el magma que lo circunda, Lucas ve duele tiembla huele la verdad, estar perdido y sudando lejos de los pilares, los apoyos, lo conocido, lo familiar, la casa en las colinas, las cosas en la cocina, las rutinas deliciosas, lejos hasta de Sandra que está tan cerca pero dónde porque ahora habrá que preguntar de nuevo para volver, jamás encontrará un taxi en esa zona hostil y Sandra no es Sandra, es un animalito dolorido en una cama de hospital pero justamente sí, ésa es Sandra, ese sudor y esa angustia son el sudor y la angustia, Sandra es eso ahí cerca en la incertidumbre y los vómitos, y la realidad última, el tajo en la mentira es estar perdido en Marsella con Sandra enferma y no la felicidad con Sandra en la casa de las colinas.

Claro que esa realidad no durará, por suerte, claro que Lucas y Sandra saldrán del hospital, que Lucas olvidará este momento en que solo y perdido se descubre en lo absurdo de no estar ni solo ni perdido y sin embargo, sin embargo. Piensa vagamente (se siente mejor, empieza a burlarse de esas puerilidades) en un cuento leído hace siglos, la historia de una falsa banda de música en un cine de Buenos Aires. Debe haber algo de parecido entre el tipo que imaginó ese cuento y él, vaya a saber qué, en todo caso Lucas se encoge de hombros (de veras, lo hace) y termina por encontrar el camisón y las sandalias, lástima que no hay alpargatas para él, cosa insólita y hasta escandalosa en una ciudad del justo mediodía.

Lucas, sus pianistas

Larga es la lista como largo el teclado, blancas y negras, marfil y caoba; vida de tonos y semitonos, de pedales fuertes y sordinas. Como el gato sobre el teclado, cursi delicia de los años treinta, el recuerdo apoya un poco al azar y la música salta de aquí y de allá, ayeres remotos y hoyes de esta mañana (tan cierto, porque Lucas escribe mientras un pianista toca para él desde un disco que rechina y burbujea como si le costara vencer cuarenta años, saltar al aire aún no nacido el día en que grabó *Blues in Thirds*).

Larga es la lista, Jelly Roll Morton y Wilhelm Backhaus, Monique Haas y Arthur Rubinstein, Bud Powell y Dinu Lipati. Las desmesuradas manos de Alexander Brailovsky, las pequeñitas de Clara Haskil, esa manera de escucharse a sí misma de Margarita Fernández, la espléndida irrupción de Friedrich Gulda en los hábitos porteños del cuarenta, Walter Gieseking, Georges Arvanitas, el ignorado pianista de un bar de Kampala, don Sebastián Piana y sus milongas, Maurizio Pollini y Marian McPartland, entre olvidos no perdonables y razones para cerrar una nomenclatura que acabaría en cansancio, Schnabel, Ingrid Haebler, las noches de Solomon, el bar de Ronnie Scott en Londres donde alguien que volvía al piano estuvo a punto de volcar un vaso de cerveza en el pelo de la mujer de Lucas y ese alguien era Thelonious, Thelonious Sphere, Thelonious Sphere Monk.

A la hora de su muerte, si hay tiempo y lucidez, Lucas pedirá escuchar dos cosas, el último quinteto de Mozart y un cierto solo de piano sobre el tema de *I ain't got nobody.* Si siente que el tiempo no alcanza, pedirá solamente el disco de piano. Larga es la lista, pero él ya ha elegido. Desde el fondo del tiempo, Earl Hines lo acompañará.

Lucas, sus largas marchas

Todo el mundo sabe que la Tierra está separada de los otros astros por una cantidad variable de años luz. Lo que pocos saben (en realidad, solamente yo) es que Margarita está separada de mí por una cantidad considerable de años caracol.

Al principio pensé que se trataba de años tortuga, pero he tenido que abandonar esa unidad de medida demasiado halagadora. Por poco que camine una tortuga, yo hubiera terminado por llegar a Margarita, pero en cambio Osvaldo, mi caracol preferido, no me deja la menor esperanza. Vaya a saber cuándo se inició la marcha que lo fue distanciando imperceptiblemente de mi zapato izquierdo, luego que lo hube orientado con extrema precisión hacia el rumbo que lo llevaría a Margarita. Repleto de lechuga fresca, cuidado y atendido amorosamente, su primer avance fue promisorio, y me dije esperanzadamente que antes de que el pino del patio sobrepasara la altura del tejado, los plateados cuernos de Osvaldo entrarían en el campo visual de Margarita para llevarle mi mensaje simpático; entre tanto, desde aquí podía ser feliz imaginando su alegría al verlo llegar, la agitación de sus trenzas y sus brazos.

Tal vez los años luz son todos iguales, pero no los años caracol, y Osvaldo ha cesado de merecer mi confianza. No es que se detenga, pues me ha sido posible verificar por su huella argentada que prosigue su marcha y que mantiene la buena dirección, aunque esto suponga para él subir y bajar incontables paredes o atravesar íntegramente una fábrica de fideos. Pero más me cuesta a mí comprobar esa meritoria exactitud, y dos veces he sido arrestado por guardianes enfurecidos a quienes he tenido que decir las peores mentiras puesto que la verdad me hubiera valido una lluvia de trompadas. Lo triste es que Margarita, sentada en su sillón de terciopelo rosa, me espera del otro lado de la ciudad. Si en vez de Osvaldo yo me hubiera servido de los años luz, ya tendríamos nietos; pero cuando se ama larga y dulcemente, cuando se quiere llegar al término de una paulatina esperanza, es lógico que se elijan los años caracol. Es tan difícil, después de todo, decidir cuáles son las ventajas y cuáles los inconvenientes de estas opciones.

Índice

III

Biografía

Julio Cortázar nació en Bruselas en 1914. Es uno de los escritores argentinos más importantes de todos los tiempos. Realizó estudios de Letras y de Magisterio y trabajó como docente y traductor en varias ciudades del interior de Argentina. En 1951 fijó su residencia definitiva en París, desde donde desarrolló una obra literaria única dentro de la lengua castellana. Algunos de sus cuentos figuran entre los más perfectos del género. *Rayuela* conmocionó el panorama cultural de su tiempo y marcó un hito insoslayable dentro de la narrativa contemporánea. Cortázar murió en París en 1984.

Entre sus obras se destacan *Bestiario* (cuentos), 1951. *Final del juego* (cuentos), 1956. *Los premios* (novela), 1960. *Historias de cronopios y de famas* (cuentos), 1962. *Rayuela* (novela), 1963. *Todos los fuegos el fuego* (cuentos), 1966. *La vuelta al día en ochenta mundos* (ensayo, poesía y cuentos), 1967. *El perseguidor y otros cuentos* (cuentos), 1967. *62: Modelo para armar* (novela), 1968. *Libro de Manuel* (novela), 1973. *Octaedro* (cuentos), 1974. *Un tal Lucas* (cuentos), 1979. *Queremos tanto a Glenda* (cuentos), 1980. *Deshoras* (cuentos), 1982.

